L'EAU DORMEUSE DE DRAAD

DU MÊME AUTEUR

CHEZ LE MÊME ÉDITEUR

BLADE Nº 1 : LA HACHE DE BRONZE
BLADE Nº 2 : LE GUERRIER DE JADE
BLADE Nº 3 : LES AMAZONES DE THARN
BLADE Nº 4 : LES ESCLAVES DE SARMA
BLADE Nº 5 : LE LIBÉRATEUR DE JEDD
BLADE Nº 6 : LE MAUSOLÉE MALÉFIQUE
BLADE Nº 7 : LA PERLE DE PATMOS
BLADE Nº 8 : LES SAVANTS DE SELENA
BLADE Nº 9 : LA PRÊTRESSE DES SERPENTS
BLADE Nº 10 : LE MAÎTRE DES GLACES
BLADE Nº 11 : LA PRINCESSE DE ZUNGA
BLADE Nº 12 : LE DESTRIER DORÉ
BLADE Nº 13 : LES TEMPLES D'AYOCAN
BLADE Nº 14 : LES RÊVEURS DE XURA
BLADE Nº 15 : LA TOUR DES DEUX SAGESSES
BLADE Nº 16 : LES MERS DE CRISTAL
BLADE Nº 17 : LES CHASSERESSES DE BREGA
BLADE Nº 18 : L'ÉCHIQUIER VIVANT DU HONGSHU
BLADE Nº 19 : LES RAVAGEURS DE THARN
BLADE Nº 20 : LES BARBARES DE SCADOR
BLADE Nº 21 : LES CONSACRÉS DE KANO

JEFFREY LORD

BLADE

L'EAU DORMEUSE DE DRAAD

TRADUIT DE L'AMÉRICAIN
PAR FRANCE-MARIE WATKINS

PLON

Titre original :

THE FORESTS OF GLEOR

ISBN : 2 - 259 - 00611 - 6

ISSN : 0395 - 7780

(Édition originale : ISBN : 0 - 523 - 00993-3
PINNACLE BOOKS INC. NEW YORK)

CHAPITRE PREMIER

Si la MG de Richard Blade n'avait pas coulé une bielle à Windsor, il ne se serait pas trouvé dans le déraillement. Il aurait quand même pu avoir un accident sur la route de Londres, bien sûr. La tempête de neige fondue qui rendait les rails si glissants avait des effets plus déplorables encore sur la circulation routière. Il aurait pu déraper sur le verglas et se rompre le cou, ou plonger dans la Tamise et se noyer. Mais ces accidents auraient été plus personnels.

Le train de banlieue fonçait vers Londres à pleine vitesse. Blade étira autant qu'il le put ses longues jambes et déplia le *Times*. En face de lui dans le compartiment il y avait une jeune mère et sa petite fille.

Les pensées de Blade vagabondaient. Peut-être était-il temps de reconnaître que la vieille MG était au bout du rouleau. Ce serait dur de s'en séparer, mais il était évident qu'on ne pouvait plus compter sur elle. Une relique sentimentale, oui. Une antiquité de valeur, aussi. Elle n'était même pas neuve quand il l'avait achetée en sortant d'Oxford. Peut-être pourrait-il trouver un amateur de vieux tacots qui lui donnerait une bonne...

Une formidable secousse ébranla le wagon. Blade fut projeté sur la banquette opposée, manquant de peu la jeune femme et l'enfant mais pas le plafonnier. Le globe se brisa et Blade eut l'impression que son crâne éclatait. Une explosion dans sa tête couvrit un instant l'horrible fracas de métal tordu et embouti.

Quand Blade put de nouveau voir et entendre normalement, il s'aperçut que le wagon était dangereusement penché en avant. Il se ramassa avec précaution. Sa tête lui faisait atrocement mal mais, à part ça, il semblait n'avoir rien de cassé.

Bonne chose. Blade était en route pour Londres quand la MG avait rendu l'âme. Là-bas, il devait descendre dans une salle taillée dans le rocher bien en dessous de la Tour de Londres. Son cerveau serait électroniquement relié à l'ordinateur géant qui occupait presque toute la salle. Puis l'inventeur de l'ordinateur, Lord Leighton, abaisserait une manette rouge et les pulsions de l'ordinateur afflueraient dans le cerveau de Blade. La salle, l'appareil, Lord Leighton, tout ce que Blade voyait avec ses sens normaux disparaîtrait. Il s'en irait tourbillonner dans le néant et se réveillerait quelque part dans ce vaste inconnu que l'on appelait la Dimension X.

Blade était le seul être vivant au monde capable de voyager dans la Dimension X et d'en revenir sain de corps et d'esprit. Il possédait la combinaison la plus parfaite de qualités physiques et mentales qu'on puisse imaginer... tant qu'il était en bonne santé. S'il se faisait bêtement amocher dans un prosaïque déraillement, le voyage dans la DX serait remis jusqu'à son rétablissement. Même Lord Leighton serait forcé de l'admettre, bien qu'avec la plus mauvaise grâce possible. Lord L avait le plus remarquable cerveau scientifique de Grande-Bretagne et le plus exécrable caractère du monde.

Il y avait aussi l'homme nommé J. C'était un des plus grands maîtres du contre-espionnage, le chef du service secret MI 6, celui qui avait détecté les promesses de Blade alors qu'il était encore étudiant. Il en avait fait un de ses meilleurs agents et l'aimait comme le fils qu'il n'avait jamais eu. J s'inquiéterait de l'accident de Blade mais ce souci resterait soigneusement caché derrière un masque flegmatique.

Mais tout cela, ce serait demain. Pour le moment la mission de Blade était de faire ce qu'il pouvait pour les autres victimes de la catastrophe. La mère et l'enfant étaient pétrifiées de peur mais ne présentaient aucune blessure visible. Sur ce, la petite fille ouvrit une grande bouche et se mit à hurler à pleins poumons. Blade douta qu'une enfant capable de faire autant de bruit puisse être sérieusement blessée. La mère sourit d'un air penaud.

– Bon, dit Blade. Si vous n'avez rien, je vais voir comment s'en sont tirés les autres.

On commençait à entendre un peu partout des cris de frayeur et de douleur. La porte du compartiment était coincée. Blade trouva un point d'appui et rua, les pieds joints, contre la serrure. Du métal protesta, des éclats de verre volèrent et la porte coulissa bruyamment. Blade sortit en rampant et regarda des deux côtés dans le couloir presque vertical. Des rafales de vent humide et glacé pénétraient par les fenêtres brisées. En bas du couloir, des corps étaient entassés, couverts de débris de verre. Blade les crut tous morts mais alors un des corps gémit et se redressa.

Blade glissa en se retenant des pieds et des mains et comme il arrivait en bas un homme s'assit.

– Vous pouvez vous lever? demanda Blade.

Il y avait un certain risque à le déplacer. Il avait un bras cassé et peut-être d'autres blessures internes, mais il n'y avait aucun moyen autrement de secourir les autres, sous lui.

– Oui, je crois, bredouilla le voyageur.

– Je vais vous aider.

Blade prit l'homme par son bras valide et le soutint jusqu'à ce qu'il fût debout. Puis, serrant les dents, l'homme se hissa péniblement par la fenêtre et tomba sur le sol en poussant un cri de douleur. Blade l'entendit se relever.

– Ça va?

– Je crois...

– Bien. Des secours ne vont pas tarder, ne vous éloignez pas.

Blade se tourna vers la victime suivante. C'était une femme d'un certain âge; un filet de sang coulait de sa bouche et elle était évanouie. Il serait dangereux de la déplacer. Mais il y avait une troisième personne là-dessous, visible sous ses pieds.

Blade souleva avec précaution les jambes de la femme et vit un petit garçon maintenu debout dans un amas de tôles tordues. Il n'y avait pas de sang mais une barre d'acier appuyait contre le dos de l'enfant et le clouait dans les débris. Blade se baissa, vit qu'il pouvait atteindre la barre et la saisit à deux mains. Puis, lentement, il la souleva.

Blade mesurait plus d'un mètre quatre-vingt-cinq et pesait un peu plus de cent kilos. Il était doué d'une force prodigieuse et savait admirablement s'en servir. Centimètre par centimètre, la barre céda, tandis que la sueur ruisselait sur le front de Blade et que sa chemise se déchirait dans le dos avec un bruit qu'il remarqua à peine. Enfin l'espace fut assez grand pour les épaules de l'enfant. Blade glissa ses mains sous les aisselles et le souleva lentement. Quand il fut dégagé, il le porta dehors et l'allongea dans l'herbe humide, en s'assurant qu'il respirait normalement, avant de remonter dans le wagon.

Dans certains compartiments, il y avait des voyageurs qui n'avaient besoin de rien d'autre qu'un peu de temps pour se remettre du choc. L'un d'eux avait une grande flasque de whisky qu'il donna à Blade pour ranimer les autres.

Extraire des débris de verre des blessures, tamponner des mouchoirs sur des estafilades, appliquer des garrots, donner des gorgées de whisky et prononcer des paroles d'encouragement, faire du bouche-à-bouche... tout se confondit en un cauchemar chaotique au point que Blade ne se souvenait plus des détails. Il s'en moquait. L'essentiel pour lui était de continuer jusqu'à ce qu'il n'y ait plus personne à soigner. Après quoi il passerait au wagon suivant puis au suivant et...

Il arrivait au dernier compartiment quand il entendit des sirènes et des motos. Un gyrophare rouge perça le brouillard, puis un bleu.

Blade comprit soudain qu'il devait se tirer de là. Ce qu'il avait fait était naturel, estimait-il, mais la police et les journaux le traiteraient quand même de héros. Il serait traqué par les reporters pendant des jours, des semaines.

Il avait fait son devoir d'une façon, et maintenant il devait le faire d'une autre. Depuis son entrée au MI 6, il avait vécu dans l'ombre. Il était temps d'y retourner.

Blade escalada des débris vers une fenêtre, fit sauter à coups de pieds les derniers éclats de verre et se laissa tomber sur le sol. Il atterrit lourdement sur les mains et les genoux mais se releva vivement. Quand la première moto de la police arriva sur les lieux de la catastrophe, il avait disparu dans la tempête.

CHAPITRE II

Une heure plus tard, Blade était au téléphone dans un petit pub, à cinq kilomètres de la voie ferrée. Il parlait à J.

– ... aucune indication qu'on me recherche, du moins pour le moment. J'ai dit au patron du pub que j'avais eu un accident de voiture... Oui, il a entendu parler de la catastrophe mais le bruit court que tout le monde a été tué ou si grièvement blessé que personne ne risque de cavaler dans la campagne. Alors il m'a cru... Des empreintes? Oui, bien sûr. Mais j'ai jeté la flasque de whisky dans un fossé. Même si on la trouve et si on la reconnaît, je ne pense pas qu'on pourra y relever d'empreintes... Oui, je comprends que vous ne veuillez rien laisser passer... Une voiture officielle? Avec joie. Le trafic sur la voie va être arrêté pendant des heures et une voiture pourrait être ici avant que je ne trouve un car ou un taxi... Je suis au *Red Bull* à Ackerbury... Une heure et demie? Parfait. Merci, chef, et à mercredi matin.

Blade arriva à la Tour de Londres le mercredi matin à dix heures précises. Aux yeux de J, il ne paraissait même pas s'être coupé en se rasant, encore moins d'être rescapé d'une catastrophe ferroviaire.

– Le médecin vous a déclaré en bon état, si je comprends bien?

– Absolument, chef, répondit Blade. Il n'a rien trouvé, à part une petite ecchymose sur le cuir chevelu.

– Et les radios?

– Elles n'ont rien montré non plus. On dirait que j'ai toujours la même tête dure.

– C'est bien. Ce serait assez bêta d'avoir survécu à une bonne vingtaine de voyages et puis de disparaître dans un accident de chemin de fer ici en Angleterre.

– Entièrement d'accord.

Les paroles de J étaient une litote monumentale. Malgré toutes ses qualités de corps et d'esprit, Blade savait qu'il était aussi en vie grâce à une chance qui pouvait l'abandonner à tout instant. Ce serait vraiment tout à fait bêta, alors qu'il passait tellement de temps parmi les périls de la Dimension X, qu'elle l'abandonne subitement en Angleterre.

Blade leva une main pour appuyer sur le bouton de l'ascenseur.

– Tiens, dit J, je vois que vous portez une chevalière. C'est un rubis?

– Oui, mais pas très fin. Mon père m'en a fait cadeau quand je suis sorti d'Eton.

– Et vous voulez essayer de la porter dans la Dimension X?

Blade détecta l'inquiétude dans la voix de J. Le vieux monsieur n'aimait rien de ce qui accroissait l'incertitude des voyages de Blade dans la DX. Le jeune homme le comprenait assez, surtout après le dernier voyage.

Il serait faux de dire que tout avait mal tourné la dernière fois, mais beaucoup de choses ne s'étaient certainement pas passées comme prévu. Blade avait été ballotté d'une dimension à une autre, d'abord avec une courtisane de la ville de jade noir de Kano, puis avec une Russe, un agent secret que Lord Leighton avait expédié dans la DX pour se débarrasser d'elle. Cette mission avait été la plus périlleuse de tout le Projet Dimension X, ce qui n'était pas peu dire (1).

– Oui, monsieur. Elle est petite et légère, donc pas encombrante, et ne risque pas de me déséquilibrer. Et puis je l'ai depuis longtemps. S'il existe vraiment des... disons des vibrations du corps humain, la chevalière a plus de chances d'être sur ma longueur d'ondes qu'une trousse de survie ou même qu'un couteau.

J fronça les sourcils.

– Voilà qui m'apparaît comme de la conjecture mystique.

– Mystique peut-être et je reconnais que c'est de la conjecture. Mais est-ce que tout le Projet n'en est pas?

J ne put s'empêcher de rire.

(1) Voir Blade n° 21, *Les Consacrés de Kano.*

– Vous avez raison mais ne dites pas ça devant Lord L, il ne vous le pardonnerait jamais... Ah, voilà l'ascenseur.

Il descendirent en quelques secondes à soixante mètres sous la Tour de Londres. Puis ils suivirent un long corridor en passant par une série de portes de sécurité à contrôle électronique jusqu'au complexe de l'ordinateur principal.

Les salles extérieures du complexe étaient pleines d'appareils et d'équipement et aussi de techniciens. A chaque fois, Blade avait l'impression qu'hommes et machines étaient plus nombreux.

Lord Leighton était déjà au travail dans le saint des saints, la salle de l'ordinateur principal. Il fit signe à Blade et à J d'entrer et la porte à coulisse se ferma silencieusement derrière eux.

Leighton remarqua presque immédiatement la bague de Blade. Il avait plus de quatre-vingts ans, des jambes déformées par la polio, la colonne vertébrale déformée par une bosse, des cheveux clairsemés d'un blanc de neige et une blouse blanche aussi fripée et sale qu'un vieux torchon. Mais il n'y avait rien à reprocher à ses yeux. Ils ne laissaient rien échapper.

Curieusement, la bague ne déclencha pas l'explosion de la célèbre colère de Lord Leighton, comme Blade s'y était attendu. L'orgueil du savant était presque aussi grand que son génie. En général il ne supportait pas qu'on ajoute un détail à *ses* expériences. Mais il remarqua simplement :

– Vous y avez réfléchi, je présume?

Blade hocha la tête et répéta ce qu'il avait dit à

J. Lord L l'écouta poliment – autre surprise ! – et approuva.

– Tout cela me semble compatible avec mes propres données. De toute manière, s'il y a incompatibilité, nous ne pourrons les découvrir sans essayer. Très bien. Gardez la bague et bonne chance pour elle.

J déplia le strapontin qui lui était réservé et s'assit. Blade se dirigea vers le petit vestiaire taillé dans la roche vive formant les murs de la salle. Il se déshabilla puis s'enduisit tout le corps d'une pommade noire nauséabonde qui devait en principe le protéger des brûlures des électrodes. Peut-être faisait-elle son effet. Puis Blade sortit du cagibi, portant uniquement la pommade, la chevalière et une serviette nouée en pagne.

Dans la cabine de verre au centre de la salle, il s'assit dans le fauteuil métallique. Le siège de caoutchouc était froid et presque gluant. Blade s'adossa et laissa le savant faire son travail.

Lord Leighton s'activait ici et là, déroulait de longs fils électriques multicolores des pupitres du monstrueux ordinateur gris. Chaque fil était terminé par une étincelante électrode de métal, en forme de tête de cobra. Rapidement, mais avec la précision d'un chirurgien du cerveau, Leighton fixa les électrodes sur la peau de Blade jusqu'à ce qu'il en soit couvert de la tête aux pieds. Il en pendait même de ses oreilles, de ses orteils et de son sexe.

Enfin il n'y eut plus d'électrodes, ou du moins plus un centimètre de peau où en placer. Lord Leighton recula. Blade eut envie de le saluer de la main mais il était tellement saucissonné dans les fils qu'il osait à peine respirer profondément.

L'ordinateur avait maintenant procédé à toutes les phases de la séquence principale. Il était temps que Lord Leighton prenne la relève, comme il le faisait toujours, pour le moment où l'ordinateur enverrait ses impulsions dans le cerveau de Blade, en modifiant ses perceptions, en le projetant hors du fauteuil, de la salle et de Londres dans la Dimension X.

Lord L s'approcha du principal panneau de commandes et examina les voyants lumineux. Sa main se posa légèrement sur la grosse manette rouge. Les yeux de Blade se tournèrent vers les longs doigts noueux. Ceux de J aussi.

Puis la main appuya, la manette glissa dans sa fente et le monde de Blade explosa.

Toute la salle se secoua et vibra follement dans un bruit de tonnerre assourdissant. Des lumières aveuglantes aux couleurs de cauchemar dansèrent et clignotèrent, coururent le long des murs, sur le sol, tout autour de la cabine. De longues flammes bleues jaillirent en crépitant des doigts et des orteils de Blade, du bout de son nez et de ses oreilles, même de sa verge.

Le bruit enfla encore. Soudain, un ressort géant parut se détendre sous le fauteuil et le projeter en l'air. Blade s'attendit à être écrasé et réduit en bouillie contre le plafond de la salle. La roche semblait se fondre sous le feu bleu comme du sable repoussé par une vague déferlante. Blade la traversa dans un rugissement et émergea dans le jour gris de Londres.

Il voulait hurler mais ne le pouvait pas. Tout l'air de son corps explosait dans ses poumons. Son sang bouillait. Il sentit son cœur, ses veines et ses artères éclater, sentit de la mousse rose monter à sa gorge et jaillir de sa bouche. La mousse forma un grand nuage autour de lui, cachant le ciel et la terre. Toute vision disparut, tous les autres sens aussi et Richard Blade ne sentit plus rien du tout.

CHAPITRE III

Blade reprit lentement connaissance. Il sentit une brise tiède sur sa peau, de hautes herbes humides sous lui, il entendit un clapotis d'eau. Il sentait aussi sa tête qui martelait comme un tambour furieusement battu. Il s'étonnait d'être en vie. La sensation de planer loin au-dessus de la terre et d'exploser dans le vide avait été trop vive. Jamais il n'avait vécu sa propre mort avec un aussi macabre réalisme.

Mais il était vivant. Il se redressa et remua prudemment ses doigts, ses orteils, tâta ses muscles des bras et des jambes. Non seulement il était en vie mais apparemment indemne. En repliant l'annulaire de sa main gauche il sentit une raideur qui n'était pas celle d'une crampe ou d'une déchirure musculaire. Il baissa les yeux. Le rubis parut lui cligner de l'œil.

Blade poussa un cri de joie et se leva d'un bond, trop précipitamment. Ses pieds glissèrent sur l'herbe mouillée et il se rassit encore plus vite, ce qui n'arrangea pas son mal de tête. Il resta donc assis un moment, tournant sa main d'un côté et d'autre et regardant le rubis briller au soleil comme un charbon ardent.

La chevalière ne pesait que quelques grammes et la pierre à peine deux carats mais elles représentaient pour Blade quelque chose de monumental et de grandiose. Après tant d'années de Projet Dimension X, il avait enfin réussi à apporter quelque chose de la Dimension Normale dans la DX ! Son hypothèse semblait confirmée. Il allait certainement avoir quelque chose à raconter à Lord L à son retour.

Avec plus de précautions que la première fois, il se leva et regarda autour de lui, d'abord pour s'orienter, ensuite pour chercher un semblant d'arme. Il se promit, la prochaine fois, d'essayer d'apporter son vieux couteau de commando. Il s'en était moins souvent séparé que de la chevalière, puisqu'il l'avait emporté dans toutes ses missions pour le MI 6. Et ce serait bougrement plus utile qu'une bague !

Blade vit qu'il était au bord d'un petit cours d'eau. Le sol descendait sur sa droite vers une berge abrupte et, sur sa gauche, montait en pente douce. Plus haut, l'herbe faisait place à des buissons et des arbustes. Au-delà, c'était une véritable muraille de grands arbres s'élevant à plus de trente mètres. Quelques géants dressaient même leur cime enguirlandée de lianes au double de cette hauteur. Le vent léger soufflant de la forêt sentait la végétation et l'humus, les fleurs et la terre humide qui ne voyait jamais le soleil.

Blade monta vers un jeune arbre d'environ deux mètres de haut et d'un diamètre de sept ou huit centimètres à la base. Il le saisit à deux mains et commença à le courber, en avant et en arrière, en faisant appel à toute sa force. L'arbre était encore plus résistant qu'il ne s'y attendait mais une par une les fibres du bois se déchirèrent. Une ultime traction prodigieuse cassa les dernières et quand il eut dépouillé le tronc des branches et des feuilles il eut un solide gourdin.

Comme toujours, il se sentit plus à l'aise avec une arme. Non qu'il fût sans défense avec ce que la nature lui avait donné; il détenait une ceinture noire de karaté de cinquième dan et il n'y avait pratiquement aucun des arts martiaux qui ne puisse lui servir en cas de pépin. Mais une arme donnait une défense supplémentaire et aussi un moyen d'attaque.

Son bâton à la main, Blade descendit vers la rivière. Cramponné d'une main à une racine, il se laissa glisser dans l'eau. Le courant le rafraîchit, le lava de sa sueur et chassa les derniers vestiges du mal de tête. Creusant sa main libre il but et but encore longuement. Enfin, il se hissa de nouveau sur la berge, tout ruisselant.

Comme il se baissait pour ramasser son bâton, il entendit un cri perçant, venant des buissons entre lui et la forêt. C'était un cri de femme... non, de deux femmes. Mais pas des cris de terreur. De surprise, de colère, oui, mais pas de peur. Blade tint son long bâton devant lui en diagonale, à deux mains, et marcha en direction du bruit.

Les cris se turent vite et d'autres sons suivirent, des grognements, des halètements, un juron lancé par un homme, un martèlement de pieds et des craquements de branches révélant une petite bataille. Elle se déroulait dans la forêt. Blade ralentit le pas. Quelqu'un avait peut-être besoin d'aide mais il ne serait pas bon d'intervenir à l'aveuglette, de choisir le mauvais camp ou peut-être de se faire bêtement abattre.

Un sifflement d'objet fendant l'air fut suivit du bruit sourd de quelque chose frappant violemment de l'os. Le double bruit se répéta. Cette fois un homme poussa un cri de douleur. Blade entendit des pas lourds, mal assurés, ceux de deux personnes. Ils se rapprochaient de lui...

Deux hommes en courte tunique de cuir et chaussés de sandales firent irruption de la forêt. Le premier boitait bas de la jambe gauche. Son genou était sanglant, en bouillie. Quand il émergea à l'air libre, sa jambe refusa de le porter plus longtemps et il tomba assis dans l'herbe en gémissant. Sa main inerte lâcha une courte épée.

L'autre homme continua de tituber en regardant fixement devant lui. Un côté de son crâne était fendu et du sang coulait de ses oreilles et de sa bouche. Il était armé d'un javelot. Il passa à un mètre de Blade sans paraître le voir et se traîna comme un somnambule vers la rivière. Blade se retourna et le vit atteindre la rive, basculer et disparaître avec un grand plouf.

Un hurlement derrière lui fit pivoter Blade. L'homme au genou fracassé s'était relevé et chancelait vers lui en brandissant son épée. Blade fit un petit saut sur sa droite et l'homme l'imita mais pas assez vite. Une extrémité du bâton de Blade siffla et s'abattit sur la main armée de l'épée, qui tomba par terre. L'homme ne s'arrêta pas, il ne secoua même pas sa main meurtrie. De l'autre il dégaina un couteau de sa ceinture et s'apprêta à le lancer. Encore une fois, Blade changea de position plus vite que son adversaire et passa à l'attaque. Le bout le plus épais du bâton frappa violemment l'homme sur l'arête du nez. L'os fragile se cassa. L'homme chancela, recula d'un pas ou deux puis tomba à plat ventre. Quand Blade le rejoignit, il ne bougeait déjà plus.

Il se baissa, un œil sur les buissons et l'autre sur le mort, et le dépouilla de sa ceinture puis il récupéra l'épée et le couteau et les y glissa.

Avant que Blade puisse faire un autre pas vers la bataille, la bataille vint à lui. Des fourrés s'agitèrent, des branchages craquèrent comme si un éléphant les piétinait. Sept personnes surgirent à découvert.

Deux étaient des femmes, en courte tunique de cuir verte, calot et bottes assortis. Chacune avait un sac sur le dos et maniait à deux mains un bâton se terminant par une boule à chaque bout. La première portait en bandoulière une lance à pointe rouge garnie de plumes rouges, l'autre un petit arc.

Quatre des cinq hommes étaient habillés et armés comme les deux premiers. Le cinquième portait un casque de cuir orné de plaques de cuivre et une tunique de cuir renforcée par des bandes de cuivre. Il avait une sorte de long cimeterre et un arc dans le dos. A sa ceinture pendait un bâton de bois sculpté d'environ trente centimètres de long.

Blade eut le temps de voir tout ça avant qu'on l'aperçoive. Quand on le vit, la bataille se figea un instant. Puis l'homme casqué lança une espèce de commandement rauque, comme un aboiement. Les quatre soldats se jetèrent sur les deux femmes. Le chef se tourna vers Blade puis se rua sur lui, le cimeterre levé. Le métal poli scintilla au soleil.

Blade resta fermement planté. Il était évident que le chef voulait rapidement régler son compte à l'intrus et retourner vers les femmes. Blade devait l'abattre tout aussi vite, s'il voulait secourir les malheureuses.

Blade ne tenta pas de parade directe avec son bâton. Le bois vert ne résisterait pas à un coup de ce grand sabre. Il le saisit fermement à une extrémité, en dirigeant l'autre vers le bas. Le cimeterre frappa de haut en bas et la lame glissa sur le bâton. Alors que l'homme relevait son arme, Blade redressa vivement le bâton. Le bout épais frappa le chef à l'aine. L'homme poussa un cri, lâcha son sabre et tomba à la renverse. Il y resta en se tordant de douleur, tenant son ventre d'une main et cherchant de l'autre à décrocher de sa ceinture le bâton sculpté. Blade se tourna vers les deux filles.

Il arriva trop tard pour sauver celle à l'arc. Prise de panique devant la ruée des quatre hommes, elle avait lâché son bâton, pris l'arc et décoché une flèche sans prendre assez de temps pour viser. La flèche vola bas et se ficha dans la cuisse d'un des assaillants. Il continua d'avancer, empoigna la fille par la taille alors qu'elle tentait de dégainer un couteau, et la lança en l'air. Elle retomba sur le dos, son ennemi se jeta sur elle, lui flanqua un coup de tête dans l'estomac et fourragea des deux mains sous sa tunique. Elle hurla et sa compagne se précipita en faisant tournoyer son bâton. Une des boules s'écrasa sur la nuque de l'assaillant et lui fracassa les vertèbres cervicales. Il fut agité de spasmes violents, tout son corps s'arqua et puis il retomba en frémissant et ne bougea plus. Les trois autres reculèrent quand ils virent la fille dressée au-dessus de leur camarade, prête à frapper s'ils s'approchaient.

A ce moment, Blade entendit une suite de sifflements aigus. En se retournant il vit que le chef portait le bâton sculpté à ses lèvres et soufflait dedans. C'était un sifflet ou une sorte de flûte.

La fille debout grimaça un sourire de tigresse.

– Il a un stolof à portée d'appel, dit-elle vivement. Vite, étranger, achève-le pendant que j'écarte ces porcs de Kubona. Et puis nous devrons fuir, même si je suis Neena.

Neena semblait savoir ce qui se passait. Blade ne pouvait en dire autant. Il décida de suivre son conseil. Il ne savait pas ce qu'était un stolof mais il ne tenait pas du tout à ce que le chef abattu appelle des renforts. Il lâcha son bâton, dégaina l'épée et le couteau et s'avança vers l'homme à terre.

Mais le chef se releva, les dents serrées sur le sifflet et soufflant toujours à pleins poumons. Il leva son sabre. Blade l'envoya valser d'un coup de pied puis il pivota et enfonça son autre pied dans la poitrine de l'homme. S'il n'avait pas porté sa tunique de cuir et de cuivre, cette ruade lui aurait fracturé le thorax. Il retomba et le sifflet vola de ses lèvres. Blade, ses deux armes levées, s'apprêta à les plonger dans la gorge et dans le ventre pour achever l'individu.

Il n'eut pas l'occasion de porter le coup de grâce. Le sifflet avait fait son office et le stolof répondait à l'appel.

Blade perçut soudain une espèce d'agitation dans les fourrés sur sa gauche, un bruit de buissons piétinés et un autre qu'il ne pouvait vraiment décrire, comme si plusieurs grands paniers étaient lentement écrasés par les pieds de quelque monstrueux animal.

Puis les buissons s'écartèrent et quelque chose apparut. Blade comprit que ce devait être un stolof, il sut que cela existait. Il avait du mal à le croire mais il n'avait pas le choix puisque la créature venait vers lui.

Le stolof ressemblait à une araignée, mais une araignée d'un mètre cinquante de haut et de deux mètres cinquante de long, avec une tête grosse comme un ballon de basket et huit pattes, aussi épaisses que de jeunes arbres, se terminant par des pieds griffus. Trois yeux rouges brillaient au sommet de la tête et une grande poche hideuse et gluante, d'un blanc grisâtre, pendait à la gorge de la bête. La créature était entièrement recouverte d'écailles ou de plaques qui ressemblaient à du plastique vert et elle sifflait en marchant lourdement vers Blade.

CHAPITRE IV

Blade plongea promptement pour récupérer son bâton. Il allait avoir besoin de quelque chose de plus long que l'épée pour tenir le stolof à distance respectueuse, en cherchant le meilleur moyen de le tuer. Cette carapace verte paraissait solide. Attaquer les articulations des pattes ne servirait pas à grand-chose, quand il y en avait huit. Les yeux devaient être vulnérables. Blade se dit qu'il attaquerait de front, occuperait les membres antérieurs et les mandibules avec son bâton, puis qu'il viserait les yeux. Il fit passer son bâton dans sa main gauche, dégaina de nouveau l'épée et avança.

Au même instant, le chef donna trois brefs coups de sifflet. Le stolof se cabra sur ses quatre membres postérieurs et agita les autres vers Blade. La poche blanchâtre sous la gorge se gonfla et palpita. Puis de la gueule jaillit un long ruban d'une substance blanche. Le ruban s'éleva en arc à dix mètres et retomba mollement sur le bras droit de Blade. Il sentit la substance lui coller à la peau, lâcha son bâton et prit son couteau pour couper le ruban. Avant qu'il puisse s'en servir, la créature se tourna de côté. Le ruban se resserra si violemment que Blade fut entraîné et tomba sur le nez.

Il ne lâcha pas ses armes. Au moment où il toucha le sol il donna un coup de couteau dans le ruban. La lame le déchira à demi mais la substance était résistante. Elle se collait au couteau et à la main de Blade. Il le secoua violemment, il le frotta dans l'herbe pour le débarrasser du ruban mais il n'y avait rien à faire, ça s'accrochait comme de la colle forte.

Cependant, le stolof reculait lentement, traînant Blade sur le ventre. Il avait l'impression que les poils étaient arrachés de son bras et la peau avec.

Le ruban cassa et il entendit un cri de joie de Neena. Il entendit aussi un grondement de rage et de nouveaux coups de sifflet du maître du stolof. Il se releva d'un bond mais n'avait pas fait un pas quand un autre ruban jaillit et s'enroula cette fois autour de ses jambes. La créature se cabra derechef et Blade tomba sur le dos.

Le stolof ne chercha plus à resserrer le ruban mais s'approcha lourdement, en bavant et en sifflant comme une machine à vapeur. Blade s'aperçut que son long bâton était à sa portée. Il s'en empara et le leva d'une main alors que le stolof le dominait, en visant un des yeux. Mais le bâton était un peu court et les mandibules se refermèrent dessus. La créature tira d'un coup sec et le bâton fut arraché à la main de Blade. Les lourdes mandibules le cassèrent comme une allumette et le stolof se remit à jouer les locomotives à vapeur.

Blade avait toujours son épée et il était animé de la résolution de mourir en combattant mais c'était à peu près tout. Il essaya de se relever mais la créature se tourna d'un côté et resserra le ruban.

Et puis le stolof trancha lui-même le ruban et en lança un autre. Celui-là tomba avec une redoutable précision sur la figure de Blade. Son hurlement de fureur fut étouffé par l'horrible substance gluante qui lui recouvrait le nez et la bouche. C'était aussi répugnant que la peau d'un cadavre en décomposition et ça sentait comme un mélange de porcherie médiocrement entretenue et de fromage beaucoup trop fait. Blade lutta contre la nausée tout en s'acharnant furieusement avec son épée là où il pensait que se trouvait le ruban. Sa lame siffla dans le vide et frappa une des énormes pattes du stolof, mais elle rebondit comme si elles étaient en caoutchouc durci. Blade frappa plus fort. Cette fois, le stolof rua et l'épée échappa à la main de Blade. Il tenta de rouler sur lui-même, en essayant désespérément d'arracher le ruban de sa figure avant que la créature ne soit sur lui.

Il était sûr qu'il n'y arriverait jamais. Il respirait l'odeur aigre et âcre du stolof au-dessus de lui, il entendait claquer les mandibules. Il tira de plus belle sur le ruban, qu'il parvint à décoller – en emportant des cils et de la peau – mais les mandibules étaient déjà contre sa nuque et il entendit un cri soudain et un crescendo de coups de sifflet derrière lui.

Immédiatement, le stolof recula mais avant que Blade ne puisse en profiter le chef accourut et lui posa la pointe de son cimeterre sur le cou.

– Il serait plus sage de ne pas bouger, dit-il et Blade dut reconnaître que le conseil était bon.

Le chef lui lia les mains dans le dos avec un bout de fil de fer douloureusement serré et ajouta pour plus de sûreté une cordelette. La corde semblait être hérissée de pointes de métal qui s'enfonçaient dans la peau.

Les jambes de Blade étaient déjà ligotées par le ruban du stolof mais le chef, estimant probablement que deux précautions valaient mieux qu'une, ajouta du fil de fer. Quand il eut fini, il hissa Blade et le fit asseoir, lui arracha la bague du doigt et le laissa.

La sueur et la substance visqueuse du ruban coulaient dans les yeux de Blade et lui brouillaient la vue mais il distinguait assez bien ce qui était arrivé aux deux filles. La première, Kubona, gisait inanimée, la figure en bouillie. L'autre, Neena, était couchée par terre à plat ventre, deux des hommes à genoux sur ses bras et un troisième assis sur ses jambes. Elle devait beaucoup souffrir mais sa figure n'exprimait rien d'autre qu'une rage foudroyante. Elle maudissait et injuriait ses ennemis, posément mais avec un vocabulaire singulièrement étendu et imagé.

Le chef s'approcha et les hommes se levèrent. Avant que Neena puisse bouger, il lui flanqua un grand coup de pied dans le ventre. Après quoi il l'empoigna par les cheveux et la fit lever. En la maintenant solidement d'une main, il saisit de l'autre l'encolure de sa tunique et la déchira sur toute la longueur. Le vêtement tomba et Neena apparut dans toute sa nudité, ne portant rien d'autre qu'une expression de douleur et de sombre résolution. Elle parut reprendre haleine, grimaça et cracha carrément dans l'œil du chef.

Il rougit de colère et, la tenant toujours par les cheveux, il la gifla à toute volée, cinq, six, quinze fois de suite. A chaque coup, la tête de Neena était rejetée en arrière. S'il ne l'avait pas tenue, la fille serait tombée. Quand il eut fini, elle avait les joues écarlates et du sang coulait de sa lèvre fendue. Néanmoins, elle parvint à rester debout, foudroyant le chef du regard. Il la gifla une dernière fois, la lâcha et quand elle tomba il la gratifia d'un nouveau coup de pied dans le ventre.

Les trois guerriers survivants la regardèrent avec intérêt puis ils interrogèrent leur maître du regard. Il secoua la tête.

– Elle n'est pas pour vous. Pas même pour moi. C'est Neena de Draad, la fille du roi Embor. Elle est pour notre roi. Nous allons la conduire saine et sauve au roi Furzun et votre récompense vous permettra d'avoir toutes les femmes que vous voulez.

La figure des trois hommes exprima la déception mêlée d'une certaine joie anticipée. Le chef s'accroupit à côté de Neena et tira de la sacoche à sa ceinture d'autres cordelettes et bouts de fil de fer. Il donna un bref coup de sifflet; le stolof recula, replia ses pattes et se coucha à côté d'un buisson.

Puis le chef montra Kubona. Elle avait repris connaissance et tentait de se relever en gémissant faiblement.

– Mais nous ne pouvons pas emmener trois prisonniers, dit-il. Celle-là est à vous.

– Nous te remercions, seigneur Desgo, dit un des hommes et tous trois s'inclinèrent.

Puis ils dégainèrent leurs couteaux et se mirent au travail sur Kubona.

Blade avait vu dans sa vie plus de spectacles horribles que vingt hommes ordinaires et se croyait plutôt endurci. Mais ce que ces trois guerriers firent à la compagne de Neena fut plus qu'il ne put supporter. Il fut obligé de fermer les yeux. Il aurait voulu pouvoir fermer ses oreilles. Les hurlements de la fille furent très longs à se taire car les hommes savaient parfaitement ce qu'ils faisaient. Elle mit encore plus longtemps à mourir, pour la même raison. Finalement, Blade fut obligé de rouvrir les yeux et de regarder la *chose* ensanglantée qui se tordait dans l'herbe et qui avait été une jeune femme.

Blade n'aimait pas ces gens. Il était tout à fait écœuré par le seigneur Desgo et ses trois hommes. A côté d'eux, le stolof paraissait presque gentil et inoffensif.

Mais ces brutes sadiques n'étaient pas les seuls habitants de cette dimension. Quelque part, dans la forêt ou au-delà, il y avait le pays de Neena, Draad.

Il y avait aussi Neena, qui ne serait peut-être pas jetée au roi Furzun comme un os à un chien s'il restait en vie pour la sauver. Finalement, il y avait le seigneur Desgo, qu'il pourrait avoir une meilleure occasion de tuer à l'avenir.

Tout cela réuni signifiait que Blade devait garder son sang-froid, museler sa colère et rester en vie. Il avait toutes sortes de bonnes raisons pour ça, mais ça ne serait quand même pas facile.

CHAPITRE V

Une semaine de marche dans la jungle suivit. Le seigneur Desgo prenait soin de maintenir Blade et Neena vivants, sinon forcément en bonne santé. Il s'assurait qu'ils avaient assez à boire et à manger pour rester debout mais plus encore qu'ils n'avaient aucune chance de s'échapper. Blade restait en alerte mais ça ne lui servait pas à grand-chose.

Au matin du quatrième jour, en se réveillant, il s'aperçut que des renforts étaient arrivés. Quatre guerriers et un stolof étaient venus dans la nuit pour se placer sous le commandement de Desgo. Les soldats ne paraissaient pas particulièrement heureux des ordres qu'il avait donnés au sujet de Neena, cependant, et Blade surprit bien des regards concupiscents tournés vers elle.

Il n'en était pas tellement surpris. Meurtrie, épuisée et sale, la princesse Neena était encore d'une merveilleuse beauté. Elle était grande et svelte, sans la moindre graisse superflue, admirablement musclée et pleine de grâce. Ses petits seins étaient modelés à la perfection comme toutes ses autres rondeurs. Elle avait des cheveux noirs lustrés, si sombres qu'ils prenaient des reflets bleus au soleil. Sous la crasse, sa peau avait une exquise couleur de cuivre doré. Blade comprenait les regards des guerriers et aussi pourquoi le seigneur Desgo espérait gagner les faveurs du roi Furzun en lui donnant Neena.

En écoutant les conversations des hommes, il apprit que cette terre couverte de forêts s'appelait Gleor. La ville vers laquelle ils se dirigeaient, capitale du royaume de Trawn, était Trawnom-Driba, « Grandiose Cité de Trawn ». Là vivaient le roi Furzun, la plupart de ses nobles guerriers, les sages qui dressaient les stolofs pour les chasses et les guerres de Trawn et un grand nombre d'autres gens.

A deux jours de marche de la ville, le seigneur Desgo organisa une beuverie pour fêter la capture de Blade et de Neena. Les quatre nouveaux venus partirent dans la jungle ramasser des noix de koba, grosses comme des pastèques, à la coque dure et pleines d'un lait jaunâtre semblable à celui des noix de coco.

Quand les quatre hommes furent hors de vue, Desgo enfonça une dague dans le cou de son stolof et recueillit une petite coupe d'un liquide jaune. Quand les quatre revinrent, Blade vit le seigneur verser ce liquide dans la coupe qui passait à la ronde. Il vit les nouveaux venus boire goulûment tandis que les autres faisaient semblant et ne laissaient pas une goutte de lait de kabo couler dans leur gorge.

L'obscurité opaque de la nuit tropicale tomba rapidement sur la jungle et Blade s'endormit sans rien voir ni entendre de plus. Mais au matin, il constata les résultats de la fête. Les quatre gisaient morts, la figure convulsée et déjà bleu foncé.

Il n'en fut pas particulièrement surpris. Ce qui l'étonnait modérément, c'était la froide et précise habileté du seigneur Desgo, en prévoyant et exécutant les meurtres. Indiscutablement, le seigneur était un peu plus qu'une simple brute sadique. L'idée d'être en son pouvoir, et de ce que cela pourrait apporter, n'avait absolument rien de séduisant.

Les guerriers de Desgo ne manifestèrent pas la moindre émotion devant les quatre cadavres. Si l'espoir d'une récompense ne leur imposait pas définitivement silence à propos du crime, la peur de la vengeance de leur seigneur le ferait certainement. Blade ne pouvait espérer les persuader de trahir leur maître, d'autant qu'il n'avait absolument rien à leur offrir.

Avec de nouveau trois hommes seulement, Desgo prit de nouvelles précautions pour garder ses prisonniers. Avant le départ, il les entrava tous les deux avec du fil de fer trouvé dans les sacoches des morts. Il attacha aussi une corde au cou de Neena pour la conduire en laisse comme un chien.

Blade s'appliqua à feindre la soumission, à jouer les prisonniers dociles. Ça ne lui plaisait pas et il ne savait pas vraiment si Desgo était abusé ou non. Mais il savait aussi qu'il était plutôt bon comédien. Plusieurs fois, il l'avait été assez pour sauver sa peau.

Les prisonniers entravés ralentirent la marche et ce ne fut que le quatrième jour à midi qu'ils arrivèrent devant les remparts de Trawnom-Driba.

La ville s'étendait le long d'une rivière sur un vague ovale de près de sept kilomètres de long sur trois ou quatre de large. Elle devait avoir plus de cent mille habitants.

Quant à savoir si elle était « grandiose », Blade n'en était pas trop sûr. Seuls quelques-uns des plus grands bâtiments étaient en pierre ou en brique. Tout le reste était en bois, certaines maisons couvertes d'ornements et de sculptures mais la plupart modestes, en planches grossières ou en rondins. Même le rempart entourant la ville était fait de rondins épointés et fichés dans le sol.

Tout autour des murs, il y avait un fossé étroit, plein d'eau, assez étroit pour qu'un homme fort puisse le franchir d'un bond... si le relent montant de l'eau brunâtre ne le tuait pas au passage. Le rempart lui-même s'effondrait par endroits et à d'autres il était envahi de lianes et de plantes grimpantes. Le mur et le fossé paraissaient tout juste bons à empêcher les animaux sauvages d'entrer et les animaux domestiques de sortir. Blade était certain qu'une centaine d'hommes bien armés et bien commandés pourraient franchir ces défenses quand ils le voudraient.

Des dizaines de compagnons d'armes du seigneur Desgo et des centaines de simples citoyens sortirent pour l'accueillir. Quand ils apprirent qui était la prisonnière, ils se mirent tous à pousser des vivats et à brandir tout ce qu'ils avaient sous la main, des épées et des lances aux sandales et aux turbans.

Blade comprenait pourquoi. Trawn et Draad se battaient du haut en bas et de long en large de part et d'autre des forêts de Gleor, depuis bientôt cinq siècles. Maintenant Desgo revenait et amenait avec lui la fille du roi de Draad. Rien de surprenant à ce que Desgo devienne soudain le héros du jour.

A l'intérieur des murs, Blade douta plus encore qu'on puisse appeler vraiment Trawnom-Driba « grandiose ». Les rues n'étaient que des sentes creusées d'ornières, sauf où l'eau stagnante les transformait en bourbiers puants. De misérables cabanes, des échoppes de toutes sortes, de plus grandes maisons entourées de leurs murailles, et des espèces de temples ou de palais s'aggloméraient sans logique ni schéma. Des cochons erraient, cherchant leur pitance dans les tas d'ordures. A l'occasion, ils allaient voler des fruits ou des légumes à un éventaire. Blade avait du mal à voir où finissaient les magasins d'alimentation et où commençaient les tas d'ordures et il comprenait bien que les cochons aient le même problème.

Plus il voyait ces gens et ce qu'ils faisaient, moins ils lui plaisaient. Il y avait un petit garçon, de sept ans environ, qui sortit d'une masure en tirant un petit animal par la queue. L'animal avait l'air d'un croisement entre un castor et un chaton. Il se tordait, se débattait et criait pitoyablement. A côté de la maison, un petit feu de brindilles flambait sur un âtre de brique. L'enfant fit tournoyer trois fois l'animal au-dessus de sa tête et le lança dans le feu. Ses miaulements devinrent des cris de douleur qui suivirent Blade un moment.

Jamais de sa vie il n'avait eu envie de faire descendre une rue à coups de pied à un garçon de sept ans, comme en dribblant un ballon de football. Mais il savait que s'il avait été libre et sans gardiens, il aurait été extrêmement tenté de le faire. Dans l'état actuel des choses, il ne pouvait même pas serrer les dents ou crisper les poings. Il devait rester impassible, amorphe et marcher docilement, en se demandant ce qu'il allait encore voir.

La rue aboutissait à une place boueuse qui semblait être une sorte de lieu de réunion public. Au milieu, sur une plate-forme, deux hommes étaient flagellés. Blade ne fut pas surpris de voir une foule joyeuse et animée rassemblée pour jouir du spectacle. Aux abords de la foule, plusieurs hommes avaient installé des tréteaux ou de petites charrettes et vendaient des gâteaux et des fruits.

La foule se dispersa quand tout le monde se précipita pour regarder passer Desgo. Blade put mieux voir la flagellation. Le bourreau était un colosse au torse de barrique vêtu d'un pagne. Son fouet avait cinq lanières tressées et, quand il le leva, Blade vit scintiller du métal au bout de chaque mèche.

Un des condamnés était mort ou mourant. Son dos n'était qu'une masse de chairs sanglantes, un hachis horrible. Des insectes y grouillaient et en plusieurs endroits on voyait briller les os de la colonne vertébrale.

L'autre victime n'était qu'un adolescent. Son dos était moins horrible à voir et il avait encore la force de crier quand le fouet le cinglait. Blade se demanda ce que ce garçon avait fait pour mériter d'être flagellé à mort. S'il avait passé son enfance à jeter dans le feu des animaux vivants, sans doute y avait-il une certaine justice dans ce qui lui arrivait, mais Blade doutait qu'il fût puni pour quelque chose comme ça. A Trawnom-Driba, la cruauté sadique semblait être aussi populaire que la bière à Londres et aussi facile à trouver.

La rue serpentait maintenant dans un labyrinthe de cabanes serrées les unes contre les autres. Blade se demanda combien il y avait d'incendies par an. Dans une ville presque entièrement en bois, un seul feu mal surveillé pourrait en détruire la moitié.

Ils débouchèrent sur une vaste esplanade avec, dans le fond, le plus grand bâtiment que Blade avait encore vu. Il était entouré d'un mur de brique de six ou sept mètres de haut, au sommet duquel allaient et venaient des hommes d'armes. Au-delà du mur, il vit des toits pointus peints de couleurs vives; les extrémités saillantes des poutres étaient sculptées de têtes humaines et animales hideusement convulsées. Même dans leur art, les gens de Trawn semblaient cultiver la douleur et le tourment.

Desgo s'arrêta et s'adressa à ses prisonniers :

– Je vous conduis à votre nouvelle demeure, esclaves. Devant vous se dresse le palais du roi Furzun. Ce qui vous accueillera dépendra de vous. Le roi n'a pas de temps à perdre avec les esclaves indociles. Si vous lui déplaisez il vous punira et vous rendra à moi. Mais si vous lui plaisez comme le roi Furzun aime qu'on lui plaise, vous vivrez bien en esclaves jusqu'à ce qu'il se lasse de vous. Alors je vous reprendrai et vous continuerez de vivre avec moi aussi longtemps que peuvent vivre les esclaves.

Blade se douta que ce ne devait pas être très longtemps. D'ailleurs, la vie au pouvoir du seigneur Desgo ne vaudrait pas d'être vécue. Mais pour le moment il s'agissait d'être aussi bon esclave que possible. Les esclaves vivants avaient plus d'occasions de s'enfuir que les morts.

Il ne savait trop si Neena verrait les choses de la même façon. Elle était toujours aussi apathique et engourdie, elle ne protestait même pas quand Desgo la giflait, elle buvait et mangeait en silence. Devant les scènes horribles, elle gardait un masque de pierre. Elle regardait maintenant le palais de ce même air morne et résigné.

Les lourdes portes du palais s'ouvrirent en grinçant. Vingt gardes en tunique et jambières de cuir bleu sortirent au pas de gymnastique, l'épée au poing. Desgo dit quelques mots à leur chef et ils entourèrent les prisonniers. Blade et Neena furent poussés par la porte, qui se ferma sur eux.

A l'intérieur des murs, le palais n'était guère qu'un dédale de ruelles tortueuses et de portes basses qui ne semblait mener nulle part. La seule différence entre le palais et les quartiers les plus pauvres était qu'il ne sentait pas tout à fait aussi mauvais.

Les gardes conduisirent Blade et Neena à une porte en rondins équarris au milieu d'un grand mur nu. A la surprise de Blade, elle s'ouvrit sous une simple poussée du chef de peloton. Derrière, c'était l'obscurité totale et une puanteur, à couper au couteau, de trop de choses mortes depuis trop longtemps.

Quatre gardes empoignèrent Blade par les bras. Leur chef dégaina son épée et en deux coups rapides, il trancha les liens et les entraves. Puis les quatre hommes qui le tenaient le poussèrent avec force. Blade sentit ses pieds quitter le sol et puis il fit un vol plané et plongea dans les ténèbres au-delà de la porte.

CHAPITRE VI

Blade s'attendait à tomber dans un puits sans fond mais il atterrit moins de trois mètres plus bas. Il ne s'attendait pas au choc et il s'étala de tout son long, à plat ventre.

Il se trouvait vautré dans la boue universelle de Trawn, épaisse, visqueuse, froide et nauséabonde. Il se releva sur les mains et les genoux, cracha de la vase et se mit finalement debout. A trois mètres au-dessus de sa tête, il vit un rectangle de lumière, la porte par laquelle il avait été jeté. Plusieurs silhouettes se débattaient. Trois étaient des gardes, la quatrième la princesse Neena.

Elle ne fut pas jetée dans le noir comme un sac de pommes de terre. Les gardes la prirent par les mains et l'abaissèrent jusqu'à ce que ses pieds ne soient plus qu'à un mètre du sol. Puis ils la lâchèrent. Neena atterrit avec un bruit mou, chancela et serait tombée si elle ne s'était appuyée au mur. Elle ne paraissait pas blessée.

Lentement, elle se détacha du mur et se redressa. Au même instant la porte claqua avec un bruit qui se répercuta dans l'air lourd de la salle. Pendant un moment, les deux prisonniers furent plongés dans des ténèbres opaques, apparemment aussi infinies que les espaces intersidéraux. Blade entendit Neena pousser un faible gémissement de crainte ou de douleur.

L'obscurité totale ne dura guère plus d'une minute. Une faible lumière s'insinua dans la prison, repoussant les ténèbres. C'était un jour pâle, sans couleur ni chaleur, comme une aube d'hiver. Cela semblait venir d'en haut. Blade leva les yeux et vit un cercle de trous dans le plafond, à plus de sept mètres au-dessus de sa tête.

Il regarda Neena. La princesse était toujours debout, immobile, les bras ballants, la figure amorphe. Elle paraissait plus engourdie que jamais et ne se tourna pas vers Blade. Il soupira, exaspéré, et commença à examiner leur prison.

C'était une salle carrée d'environ dix ou douze mètres de côté, creusée dans la terre. Le sol et les parois jusqu'au niveau de la porte étaient en terre. Au-dessus, il y avait des murs de brique et un plafond de lourdes poutres. Les trous par où filtrait la lumière étaient percés dans le fond d'un grand tambour de bois au centre du plafond. Blade soupçonna qu'il y avait plus que du jour derrière ces trous : des yeux et des oreilles pour savoir ce qui se passait en bas.

Blade baissa les yeux pour examiner de nouveau les murs. Cette fois il vit quelque chose qui le fit sursauter, une grille de bois au pied du mur opposé. Derrière, tout était noir.

Lentement, en essayant de donner l'impression qu'il errait sans but, il s'en approcha et quand il l'eut atteinte il jeta un coup d'œil au plafond. Oui, il pourrait – tout juste – être hors de vue de ces trous. Ou pas assez visible pour qu'un observateur se rende compte de ce qu'il faisait.

Il se baissa et regarda la grille de près. Elle avait dû être destinée à s'ouvrir car il y avait des charnières rouillées d'un côté, mais les bords avaient été scellés et la serrure enlevée. Plusieurs barreaux paraissaient avoir été cassés et remplacés au fil des ans.

Blade s'assit devant la grille de manière que son corps cache ce que faisaient ses mains derrière lui. Lentement, il tâta et secoua chaque barreau. Il n'essaya pas de les casser. Le bois noir était épais et presque aussi dur que du fer forgé. Mais il tenta de les desceller.

Petit à petit, il sentit un peu de jeu, dans un des barreaux. Il se concentra sur celui-là, tira et poussa de toutes ses forces. La sueur ruisselait sur son corps en traçant des rigoles claires dans la boue qui le recouvrait.

Soudain, une extrémité du barreau se délogea avec une petite averse de poussière. Blade avait maintenant plus de place pour faire levier. Il se força à travailler lentement, sans bruit et bientôt l'autre extrémité du barreau se libéra. Après cela, il put plus commodément déloger trois autres barreaux et l'ouverture fut assez grande pour qu'il s'y insinue. Il se retourna vers la salle. Neena était assise, là où il l'avait laissée debout, aussi inerte et inexpressive. Blade soupira et se poussa entre les barreaux. Ce ne fut pas sans mal ni écorchures qu'il déboucha de l'autre côté dans un tunnel obscur.

Quand ses yeux se furent un peu habitués aux ténèbres, il s'aperçut que le tunnel n'était pas absolument noir. Au loin, si loin qu'il était impossible d'estimer la distance, il y avait deux taches de jour gris, l'une au-dessus de l'autre. Il sourit. Peut-être y avait-il une autre explication mais de là où il était ça avait tout l'air d'une ouverture vers l'air libre et le jour.

Blade rampa dans l'obscurité. Il avait gardé un des barreaux descellés et il s'en servait pour reconnaître le terrain devant lui. Au bout de quelques mètres, il sentit une pente, vers le bas. Il avança encore plus prudemment, en s'arrêtant pour tâter autour de lui. Le tunnel était plus ou moins carré, d'environ un mètre trente de côté, avec des murs de terre mais bien tassée et étonnamment sèche. Il devait avoir été creusé il y avait très longtemps.

Progressivement, l'entrée du tunnel ne fut plus qu'un carré pâle incroyablement loin derrière Blade mais le jour gris devant lui ne semblait guère s'être rapproché. Soudain, sa main heurta quelque chose de dur. Il la retira puis toucha l'objet avec précaution. C'était une cage thoracique humaine. Un brin d'exploration révéla un crâne et un tibia. Les os étaient complètement décharnés et aussi secs que les choses pouvaient l'être sous terre. Comme le tunnel, les ossements étaient là depuis longtemps.

Blade se remit à ramper dans le noir, plus lentement encore, en tâtonnant avant de faire un mouvement, ce qui était une bonne idée car soudain son barreau sondeur ne rencontra que du vide. Il l'agita en éventail devant lui. Il se trouvait au bord d'une brèche, où le sol plongeait vers... quoi? Dans l'obscurité, c'était impossible de le savoir.

Blade s'allongea à plat ventre, se traîna jusqu'à ce que sa tête et ses épaules dépassent dans le vide et allongea son bras aussi loin qu'il le put. Il remua le barreau en tous sens sans rien toucher.

Comment savoir? La brèche pouvait avoir quinze mètres de large ou bien l'autre bord pouvait être à deux centimètres au-delà de son barreau. Impossible de juger sans lumière.

Blade songea alors qu'il pourrait descendre le long de la paroi, traverser le fond et grimper de l'autre côté. Ce ne serait pas impossible de se creuser des points d'appui dans la terre, même si cela demandait du temps.

Aussi vite qu'il l'osa, il retourna vers les ossements, en ramassa un et retourna vers la brèche. Avant d'entamer sa descente, il lui fallait au moins connaître la profondeur. Il tint l'os à bout de bras et le laissa tomber.

Et il attendit. Longtemps. Très longtemps. Enfin il perçut à peine un bruit sourd, incroyablement lointain. L'os avait dû tomber d'au moins cent mètres.

Blade jura à part lui. Il comprenait maintenant pourquoi le tunnel était encore là et si facilement accessible de la prison. Ce n'était qu'une façon rapide de se suicider. Il se demanda combien de prisonniers l'avaient fait, combien de squelettes gisaient en pièces au fond de cet abîme.

Lentement, il fit demi-tour et repartit en rampant. Soudain il s'aperçut que quelque chose bloquait en partie l'entrée du tunnel. Une pensée désagréable lui vint. Les gardes étaient-ils entrés pour attendre son retour et le punir de sa curiosité?

Il serra plus fortement son barreau et continua d'avancer. Au bout d'un moment il vit que la lumière était cachée par une personne assise à l'intérieur du tunnel. Quelques mètres de plus et il reconnut la princesse Neena. Il se hâta.

La figure de Neena n'était plus inexpressive. Elle souriait largement et serrait ses genoux nus entre ses bras. Ses épaules étaient secouées d'un rire silencieux. Elle avait l'air de s'être remise de son engourdissement et de son apathie, à moins qu'elle n'ait carrément sombré de l'indifférence dans la folie.

CHAPITRE VII

La stupéfaction de Blade devait être visible. Neena ne put réprimer plus longtemps son rire. Elle rejeta la tête en arrière et hurla de rire au point d'en pleurer et ces échos joyeux se répercutèrent dans le tunnel. Enfin elle s'adossa contre le mur, à bout de souffle, et poussa un profond soupir.

– Ah, guerrier, je suis navrée si je t'ai fait peur. Mais tu avais l'air si drôle, en me regardant comme ça, comme un bœuf regardant le boucher juste avant que le merlin tombe !

Blade laissa passer la comparaison peu flatteuse.

– Eh bien, ma princesse, est-ce que ma surprise t'étonne? Tu as joué ton rôle avec grand art.

– J'avais de bonnes raisons pour ça, tu ne le nieras pas.

– Non, mais...

– Alors ne te plains pas et ne te cherche pas d'excuses. Je voulais te tromper aussi. Tu avais l'air d'un guerrier et d'un homme de bon sens mais je ne pouvais pas savoir si tu serais un ami, ou même simplement neutre. Tu ne ressembles à personne. Je ne pouvais pas savoir si tu ne chercherais pas à briguer les faveurs de Desgo en me dénonçant. Alors j'ai voulu te convaincre aussi. Ne t'en veux pas d'avoir été abusé. Tu as raison, je suis une très bonne actrice.

Blade aspira profondément et compta jusqu'à dix avant de répondre à la princesse. Elle avait peut-être des dons et des qualités en masse, mais le tact n'en faisait pas partie.

– Ma princesse, tu as agi sagement selon ce que tu savais. Je viens en effet d'un pays et d'un peuple plus lointain que tu ne puisses imaginer. Mais je suis prince dans mon pays et je voyage pour me prouver à moi-même et connaître d'autres régions. Je ne t'aurais pas trahie. Étant prince, je sais ce qu'est l'honneur et en tant qu'homme j'ai quand même une certaine idée de ce qui ne se fait pas. Je te demande de me croire.

Neena rit de nouveau mais tout bas. Puis elle reprit sur un ton moins acerbe :

– Guerrier... prince... quel est ton nom?

– Blade.

– Le prince Blade. Oui, je te crois. Et je te suis reconnaissante de nous avoir ouvert ce tunnel. Je ne pense pas que j'aurais été assez forte pour passer par la grille. Maintenant nous avons un endroit où nous pouvons parler. Nous ne sommes plus obligés de nous taire et d'avoir l'air idiots ou résignés pour tromper ceux qui nous observent d'en haut.

– Malheureusement, j'espérais bien davantage de ce tunnel.

Il raconta brièvement ce qu'il avait découvert dans l'obscurité et Neena fronça les sourcils.

– Tu dis qu'il n'y a aucun moyen de connaître la largeur de cet abîme?

– A ma connaissance aucun. Je sais qu'il est assez profond pour qu'on se rompe les os en y tombant, mais la largeur... non.

– Ma foi, s'il n'était pas assez large pour empêcher les prisonniers de s'évader ils auraient complètement scellé le tunnel. Alors nous serions encore plus mal en point.

– Peut-être, mais je me demande quand même pourquoi ils n'ont pas bloqué totalement cette issue, même avec le gouffre. C'est un moyen de trouver une mort rapide et j'imagine que beaucoup de prisonniers la rechercheraient.

– Les gens de Trawn ne comprennent pas les raisonnements des autres, expliqua Neena. Ils ne voient pas les leurs tenter de fuir la cruauté, du moins pas souvent. Ils ne s'attendent pas à ce que d'autres y songent.

– Pas très malins, on dirait.

– Peut-être, ou alors c'est la malédiction des dieux.

– La malédiction?

– Nos Kaireens, nos sages, disent que les dieux ont maudit les gens de Trawn par un poison dans la terre sous leurs pieds. Ce poison pénètre dans l'eau qu'ils boivent, dans la viande et les fruits qu'ils mangent.

– Ils ont pourtant l'air en bonne santé.

– Bien sûr. C'est un poison qui attaque leur âme

et leur fait aimer la cruauté et la douleur. Ils ne peuvent pas comprendre les gens qui n'aiment pas ces maux.

Blade hocha la tête, en traduisant mentalement les explications de Neena en langage plus scientifique. Apparemment, des produits chimiques ou des parasites du sol infectaient toute la population ou causaient assez de dégâts génétiques pour provoquer des désordres mentaux héréditaires. Mais si cet élément se trouvait dans l'eau...

– Combien de temps faut-il pour que le poison agisse? demanda-t-il.

– On ne sait pas. Les gens de Trawn sont comme ça depuis que ceux de Draad connaissent leur existence. Tu as peur que nous soyons empoisonnés si nous restons ici trop longtemps?

– Oui.

– Moi aussi. Mais je ne crois pas que nous resterons longtemps, du moins pas en vie. Alors nous n'avons rien à craindre du poison à moins qu'il ne soit vraiment rapide. Naturellement, si tu te mets à demander aux gardes un fouet pour me battre, je comprendrai qu'il agit sur toi. Autrement, il ne m'empêchera pas de dormir.

Ils rirent tous les deux et Neena tenta ensuite de peigner avec les doigts ses longs cheveux noirs. Elle grimaçait en s'efforçant de démêler les nœuds et Blade l'observait, en admirant la grâce de ses mouvements, l'expression de sa petite figure d'elfe, le charmant soulèvement de ses seins. Elle avait à la fois du courage et de l'esprit, que sa capture ne lui avait pas fait perdre. Il se dit qu'elle serait une alliée rêvée, meilleure qu'il n'aurait osé l'espérer.

Une sorte de routine s'établit dans leur prison. Deux fois par jour, on leur faisait descendre dans des seaux au bout d'une corde de l'eau et leur repas. Il y avait généralement de quoi nourrir six ou sept personnes et assez d'eau pour se laver aussi. La nourriture n'était pas précisément gastronomique, de sempiternels ragoûts épicés aux légumes, avec de grands morceaux de viande ou de poisson salés tous les deux ou trois repas. Blade était sûr que ce régime lui permettrait de conserver ses forces aussi longtemps qu'il le faudrait.

Personne ne semblait s'inquiéter de leur évasion, personne ne parut remarquer ce que Blade avait fait à la grille. Malgré tout, les prisonniers prenaient le moins de risques possible. Ils ne passaient que quelques minutes par jour dans le tunnel. Chaque fois qu'ils s'étaient glissés par la grille, Blade remettait plus ou moins les barreaux en place en les calant avec de la boue.

Un jour, ils furent intrigués par une vive lueur orangée, vacillante, qui illuminait le fond du tunnel. Aussi vite qu'ils purent ramper, ils s'y dirigèrent et arrivèrent ainsi au gouffre, qui était maintenant bien éclairé. La source de la lumière était beaucoup plus loin, là où Blade avait vu filtrer un jour pâle. A présent un immense brasier y flambait. On pouvait même entendre le lointain rugissement et le crépitement des flammes, sentir des bouffées de chaleur et de fumée.

Blade estima la largeur de l'abîme et jura. L'autre côté était à près de huit mètres. Il pesta de plus belle. Un mètre de moins et il aurait pu tenter le saut. Mais là, il n'aurait qu'une faible chance, trop faible pour risquer une chute de cent mètres vers une mort certaine.

Neena aussi mesurait la largeur des yeux. Elle se tourna vers Blade.

– Tu crois que tu pourrais sauter ça?

– Non.

– Moi non plus mais... Mais si tu pouvais en quelque sorte me *lancer* au moment où je sauterais... Je suis légère et tu as l'air très fort. Je crois que ce serait possible.

– Et ensuite?

– Eh bien, si nous avions une corde et un pieu, je planterais le pieu dans la terre et j'y attacherais la corde. Je te lancerais l'autre extrémité et tu pourrais te balancer et grimper de l'autre côté.

Blade trouva cela très logique et raisonnable, sauf... Pour le pieu, un barreau de la grille ferait l'affaire, mais la corde?

CHAPITRE VIII

Une autre semaine s'écoula lentement. Blade commença à se demander si le seigneur Desgo n'avait pas imaginé une nouvelle sorte de torture : les laisser seuls jusqu'à ce que l'inquiétude de leur sort leur donne des ulcères ou jusqu'à ce qu'ils meurent d'ennui. Cette idée fit rire Neena.

– Le roi Furzun est grand mangeur et grand buveur. Il lui arrive de boire et de manger en un seul jour plus que même son gros corps peut supporter. Alors il est obligé de rester couché huit jours ou plus, en ne buvant que de l'eau et en ne prenant même pas une femme. Nous avons dû arriver juste au moment où Furzun devait s'aliter. Alors rien ne sera fait de nous tant qu'il ne nous aura pas vus et il ne nous verra que lorsqu'il sera de nouveau sur pied.

Le lendemain matin, le déjeuner fut apporté à l'heure habituelle, dans les seaux habituels, composé du ragoût habituel. Mais cinq gardes en cuir bleu se tenaient derrière les deux esclaves qui faisaient descendre les seaux. Le cuir des tuniques brillait de cire, le métal des casques et des armes était astiqué avec soin. Blade le remarqua.

– On s'est fait beau pour la visite d'un personnage important, on dirait. Le roi Furzun?

Neena, la bouche pleine, hocha la tête.

Ils finissaient de déjeuner quand une horrible cacophonie de trompettes les fit sursauter. Chaque trompette semblait jouer une sonnerie différente. Plusieurs furent à bout de souffle avant la fin. Neena grimaça et se boucha les oreilles.

Enfin le tintamarre cessa dans une dernière plainte discordante et une voix rugit :

– Furzun le Troisième, Suprême Seigneur de Trawn, Maître des Forêts, Terreur de Gleor...

La liste de titres ronflants dura un bon moment. La voix du héraut n'était pas plus mélodieuse que les trompettes et pour tout aggraver il semblait avoir un gros rhume.

Le héraut finit par être à bout de titres et de souffle. Les gardes s'écartèrent alors. Le seigneur Desgo apparut à la porte et à côté de lui un des hommes les plus laids que Blade avait jamais vus.

Le roi Furzun devait peser dans les deux cents kilos et mesurer près de deux mètres... et autant en largeur et en épaisseur. Il portait une houppelande jaune foncé garnie de fourrure qui aurait pu faire une tente de taille respectable. La houppelande était rapiécée et conservait les souvenirs d'une bonne dizaine de repas. Les longs cheveux gris du roi étaient raides de pommade et tout hérissés. Sa longue barbe grisâtre, encore plus raide, pointait de son menton comme un beaupré. Une écœurante odeur de parfum douceâtre émanait de lui par vagues assez fortes pour couvrir la puanteur de la prison.

Derrière lui, une esclave nue était accroupie; elle portait un panier entre les dents, comme un chien portant fièrement le journal de son maître. De temps en temps, Furzun plongeait une main grasse dans le panier, prenait un bonbon et le fourrait dans sa bouche de crapaud.

– Vois, Majesté, dit le seigneur Desgo en s'inclinant très bas. Je ne t'ai pas menti en te disant que j'avais capturé Neena de Draad pour t'en faire cadeau.

Les petits yeux de Furzun brillèrent parmi les replis de graisse quand il les posa sur Neena.

– C'est bien Neena de Draad. J'ai eu tort de te traiter de menteur.

La voix de Furzun était la seule chose normale et saine chez lui, une simple voix de baryton, sans affectation, un petit peu asthmatique.

– Comment as-tu fait pour la prendre? reprit-il. Elle aime beaucoup chasser, nous le savons, mais le roi Embor n'est pas fou et il la fait accompagner par une garde solide.

– Elle n'avait pas de gardes quand nous l'avons trouvée, rien que sa dame d'honneur Kubona, que j'ai donnée à mes guerriers pour leur plaisir. Quant à cet homme, Majesté, il lui était inconnu mais il s'est battu pour elle. Cependant, il ne m'a pas causé d'ennuis car mon stolof et moi l'avons facilement maîtrisé.

– Cette partie de ton histoire est probablement un mensonge, répliqua Furzun. Il ne m'a pas l'air d'un homme que tu pourrais battre facilement, avec ou sans stolof. Néanmoins, il est notre prisonnier et nous lui trouverons bien une utilité. Quant à Neena elle a été folle de s'aventurer dans les forêts de Gleor sans autre protection que le désir des hommes pour elle.

Au mot de « folle » Neena se hérissa et Blade lui posa une main sur l'épaule pour la calmer.

– Certes, Majesté, elle a été folle. Et maintenant elle devra payer un prix de femme pour sa folie. Elle a été gardée telle que nous l'avons trouvée, afin que tu puisses la traiter comme l'on écrit sur un parchemin fraîchement tanné. Elle n'a même reçu aucune instruction.

Furzun hocha la tête en considérant Neena. Blade vit qu'elle commençait à trembler de rage sous ce regard concupiscent et il la prit de nouveau par l'épaule. Mais cette fois elle se dégagea d'un mouvement brusque.

– Admire ses gestes, Majesté, s'exclama le seigneur Desgo. Il n'y a rien qu'elle ne puisse faire. Je l'imagine tout à fait admirable dans la position des Sept Flûtes, dans celle du Vol du Martin-Pêcheur, peut-être la...

Le seigneur Desgo continua de réciter ce qui devait être l'équivalent trawnien du *Kama Soutra.* Furzun l'écoutait en silence, en détaillant Neena.

Les yeux de Blade allaient des hommes sur le seuil à Neena. Elle avait les narines dilatées et palpitantes, ses seins se soulevaient de plus en plus rapidement. Son humeur coléreuse atteignait rapidement le point d'ébullition.

Finalement, Desgo remarqua l'état d'excitation de la princesse. Il interrompit sa liste de mouvements de gymnastique sexuelle pour la désigner d'un geste théâtral. Le rubis de Blade étincela à son doigt quand il s'écria :

– Regarde, Majesté. Vois comme elle sera parfaite pour tes désirs, comme elle est prête à les satisfaire. La simple description de ce qui lui sera fait l'a excitée. Elle halète comme une chienne en chaleur. Elle...

La colère de Neena explosa dans un hurlement assourdissant qui fit sursauter Blade. Avant qu'il ne puisse la retenir elle s'élança et saisit les chevilles du seigneur Desgo en glapissant :

– Espèce de sale proxénète !

Sur quoi elle planta ses deux pieds contre le mur et tira, de toute la force de ses muscles. Desgo fut déséquilibré et bascula sur le seuil. Il poussa un cri de rage en tombant et un cri de douleur en atterrissant dans la boue. Neena se rua sur lui, le bourra de coups de pied et de poing, le gifla, lui cracha dessus. Elle était dans une fureur indescriptible. Blade était sûr que si le seigneur Desgo avait eu une épée, elle l'aurait arrachée de sa ceinture et lui aurait tranché la gorge.

Si la situation n'avait été aussi dangereuse, Blade aurait éclaté de rire en voyant l'humiliation de Desgo. Le bon sens lui disait d'intervenir et d'arracher Neena à sa victime, avant que sa rage ne pousse le roi Furzun à ordonner l'exécution immédiate des deux prisonniers. Mais il avait davantage envie d'aller l'aider à achever le guerrier. Ses mains lui démangeaient tant il avait envie de les serrer autour du cou épais de Desgo, de serrer et de serrer encore...

Une sorte de rugissement parvint à ses oreilles. Relevant la tête, il vit le roi appuyé contre un des côtés de la porte, qui riait au point que son ventre énorme tressautait comme de la gelée et que des larmes ruisselaient sur sa figure et dans sa barbe. Quand ses yeux croisèrent ceux de Blade il se redressa et lança un ordre. Les gardes reculèrent vivement hors de la vue de Blade.

Quelques instants plus tard un sifflet à stolof retentit et peu après ce fut le grondement et le sifflement de machine à vapeur d'un de ces monstres. Blade se précipita vers Neena pour la tirer hors d'atteinte. Il comptait ensuite empoigner Desgo et s'en faire un bouclier.

Blade n'avait pas fait trois pas que non pas un mais deux stolofs apparurent à la porte. Ceux-là avaient au moins deux mètres de haut et ils n'étaient pas verts mais entièrement dorés. Le roi Furzun s'écarta et les deux stolofs avancèrent la tête pour lancer sur Blade leurs rubans poisseux.

Comme les autres, ils visaient bien. Un ruban attrapa Blade par la jambe gauche, l'autre par le bras droit. Les stolofs se cabrèrent et Blade fut traîné sans cérémonie sur le ventre dans la boue immonde.

Les stolofs reculèrent jusqu'à ce qu'il soit contre le mur, se cabrèrent derechef et il fut soulevé comme une marionnette jusqu'au seuil. La grosse figure mafflue de Furzun se pencha vers lui.

– Regarde cet homme, princesse, dit-il. Regarde-le bien, vois comment il est à la merci des stolofs royaux et de la garde royale. Pour ton attaque contre notre noble serviteur le seigneur Desgo, il pendra la tête en bas pendant une journée devant le peuple de cette ville. La prochaine fois que tu te mettras en colère, les bourreaux royaux auront l'occasion de s'entraîner sur lui.

Neena ne répondit pas mais ses yeux lançaient des éclairs. Blade examina Furzun avec plus d'intérêt. Le roi avait trouvé le meilleur moyen de dompter Neena sans la menacer ni lui faire mal directement. Sous cette masse de graisse, il y avait un esprit assez astucieux.

Les rubans se resserrèrent et tirèrent Blade sur le seuil jusqu'aux pieds de Furzun. Le roi laissa échapper un rire triomphant. Puis un gourdin s'abattit sur la tête de Blade et pendant un bon moment il n'entendit, ne vit et ne sentit rien.

CHAPITRE IX

Le roi Furzun tint parole. Quand Blade reprit ses sens, il était pendu la tête en bas sur une place publique.

Quatre épais rubans de stolofs étaient attachés à une poutre de bois horizontale plantée dans une tour de la muraille entourant le palais royal.

Deux autres entouraient les chevilles de Blade et il se balançait doucement à la brise, comme une lanterne. Sa tête était douloureuse mais, à part ça, il n'avait rien de cassé. Cela ne durerait pas, naturellement. Le peuple de Trawn aimait trop tourmenter des victimes sans défense pour laisser passer pareille occasion.

Blade s'était attendu à bien pire. Les gens s'arrêtaient pour le regarder, l'injurier, lui lancer de la boue ou des ordures, mais il était suspendu trop haut – au moins quinze mètres – pour être aisément atteint et personne ne s'attardait assez pour viser avec soin.

De sa position élevée, Blade avait une vue imprenable du palais royal et de ce qui l'entourait. Sa tête bourdonnante, la sueur, les insectes brouillaient sa vue mais il prit bonne note de ce qu'il pouvait voir.

Le palais couvrait environ deux hectares et demi, au sud de Trawnom-Driba, à quelques centaines de mètres à peine du mur d'enceinte et du fossé. Sur trois côtés, c'était un enchevêtrement de cabanes, de hangars et d'entrepôts. Sur le quatrième, il y avait la plus large avenue que Blade avait vue en ville, bordée de hauts bâtiments de pierre ou de bois peint de couleurs voyantes.

Au bas de l'avenue, juste en dehors du mur du palais, il y avait un énorme carré de pierre noircie de fumée ou de suie, de plus de trois mètres de haut et d'une douzaine de mètres de côté. Cela ressemblait à tout prendre à un barbecue géant. L'intérieur était à demi rempli de cendres et de charbon de bois descendant en pente vers un trou noir central.

Blade ne fit plus attention au carré de pierre avant l'après-midi. A ce moment, quatre gardes conduisirent une dizaine d'esclaves nus par un escalier contre un des côtés. Les esclaves portaient de grandes écopes et des seaux de bois. La moitié descendit dans la fosse où ils se mirent à remplir les seaux de cendres et de scories. L'autre moitié vidait les seaux dans le trou central. Des nuages de cendre grise s'élevaient et les esclaves toussaient si fort que Blade les entendait en haut de son perchoir. La fosse avait l'air d'un petit volcan en éruption.

Finalement, deux esclaves attachèrent autour de leur taille de longues cordes épaisses. Trois de leurs camarades saisirent le bout de chaque corde, les deux esclaves prirent chacun une écope et ils furent abaissés dans le trou central où ils disparurent. Ils restèrent en bas près d'une heure, et de nouveaux nuages de cendres s'élevèrent du trou où ils travaillaient.

Durant cette heure, l'esprit de Blade travailla ferme. Le carré de pierre noircie servait manifestement à des feux rituels. Il n'était pas très loin hors des murs du palais. La masse carrée de la prison se dressait assez près à l'intérieur des murs.

Blade calcula la distance et la direction. Si une ligne droite était tracée de la prison à la fosse, elle représenterait à peu près la longueur du tunnel; si le trou au centre de la fosse était celui par lequel le jour filtrait tout au fond, alors cela expliquait la lueur orangée qu'ils avaient vue, les flammes crépitantes.

Le tunnel aboutissait peut-être au trou de la fosse. Par conséquent... Blade interrompit là ses réflexions. Il y avait encore trop de questions sans réponses, du moins pour le moment. Mais cela pourrait changer. En attendant, il chassa de son esprit toute idée d'évasion et se laissa sombrer dans un demi-sommeil, ce qui était bien tout ce qu'il pouvait espérer en étant pendu la tête en bas comme une chauve-souris dans une grotte.

*
* *

Le flamboiement du soleil couchant et un vacarme de bois entrechoqué réveillèrent Blade. Tout l'horizon de l'ouest était embrasé et quelques nuages rougeoyaient dans le crépuscule. Une vingtaine d'esclaves déchargeaient les rondins de trois chariots et les empilaient dans la fosse de pierre. Des gardes les surveillaient et plusieurs guerriers nobles surveillaient les gardes. Blade reconnut le seigneur Desgo parmi ces notables.

Les longues bûches furent entassées sur plusieurs couches. Puis deux autres esclaves versèrent dessus le contenu épais et noir d'un seau. Le seigneur Desgo monta les marches et battit un briquet à silex. Une rapide torsion du poignet et la petite flamme tomba dans la fosse. Aussitôt des flammes montèrent à dix mètres. Desgo dévala l'escalier.

Blade sentit frémir la poutre à laquelle il était suspendu. En se tordant le cou, il regarda le haut de la tour. Deux gardes royaux en bleu tournaient une manivelle et redressaient lentement la poutre vers le mur. Dès que Blade fut à leur portée, ils se penchèrent pour l'empoigner par les bras. Deux autres le soutinrent par les genoux et un cinquième dégaina son épée pour trancher les rubans des stolofs. Tous les cinq le firent alors basculer par-dessus la balustrade de bois et il tomba lourdement sur la plate-forme de la tour.

Les gardes lui entravèrent promptement les chevilles et lui lièrent les mains dans le dos. Alors qu'ils le faisaient lever sans ménagements, des pas résonnèrent dans l'escalier de la tour et le seigneur Desgo apparut. Vu de près, le noble guerrier était presque comique. Neena ne l'avait pas épargné. Il arborait deux superbes yeux au beurre noir et des bleus spectaculaires sur chaque centimètre de peau visible.

Desgo toisa Blade, cherchant apparemment des signes de douleur ou de faiblesse. N'en trouvant pas, il eut l'air fort déçu et ses lèvres enflées se pincèrent.

– Alors, esclave, tu vas bien te conduire ou veux-tu que nous te punissions encore?

– Il en sera fait selon ton désir, maître, marmonna Blade en courbant l'échine.

– Bien. Tu as du bon sens. Tu vois ça? demanda Desgo en désignant le brasier dans la fosse.

– Oui.

– Oui, *maître !*

– Oui, maître.

– C'est l'Atre de Tiga, Maîtresse de la Terre. Le service de Tiga exige que des esclaves nettoient son âtre et lui rendent les cendres. Tu comprends?

– Pas très bien, maître.

– Tu es stupide. Mais même les esclaves stupides peuvent apprendre. J'ai suggéré au roi Furzun de te charger du service de Tiga. Je te promets que tu travailleras plus durement que tous les autres esclaves.

– Je suis reconnaissant, maître.

Blade ne mentait pas ! Desgo l'envoyait à l'endroit même qu'il voulait explorer, celui qui pourrait fournir un moyen d'évasion à Neena et à lui.

– Possible, grogna Desgo. Mais je ne crois pas que ta gratitude durera longtemps, quand tu auras été mis au travail.

Sur ce, Desgo tourna les talons et descendit.

Quatre autres gardes royaux montèrent, saisirent Blade et l'entraînèrent. Ils le firent descendre si vite que ses jambes, encore ankylosées, se dérobèrent et il tomba plusieurs fois, à la grande joie des gardes.

On le ramena à la prison et ce fut le même cérémonial, deux rapides coups d'épée pour trancher ses liens, une bonne poussée et ouste, vol plané dans l'obscurité. Mais cette fois Blade était prêt. Il atterrit en roulé boulé, sans aucun mal. Au-dessus de lui, la porte claqua. Neena se précipita vers lui et le tâta sur tout le corps, pour voir s'il était blessé ou simplement s'assurer qu'il était bien revenu.

Blade était encore groggy mais la douleur, la désorientation, le vertige s'étaient dissipés. Il ne ressentait plus qu'une saine fatigue et savait que le plus sage était de s'y abandonner. Ce qu'il avait *peut-être* découvert pouvait attendre le matin.

Il s'allongea avec précaution et resta un moment éveillé, regardant au plafond le peu de jour s'assombrir lentement. Dans l'obscurité, il sentit la tiédeur du corps svelte de Neena qui se blottissait contre lui, un bras en travers de son torse et ses cheveux sur sa gorge.

CHAPITRE X

Quand Blade se réveilla, il se sentit prêt à affronter une journée de travail dans l'Atre de Tiga ou partout ailleurs où l'enverrait le caprice du seigneur Desgo. Presque aussitôt, la porte s'ouvrit et trois gardes lancèrent une échelle de corde.

– Tiga attend ton service, cria l'un d'eux, l'épée au poing.

– Oui, maîtres, je viens.

Blade bondit vers l'échelle et monta rapidement.

Toute la journée, il fit de son mieux pour conserver la même attitude, celle d'un esclave servile qui avait perdu tout courage. Ce n'était pas toujours facile, le travail était épuisant, on lui confiait constamment de nouvelles tâches, on le laissait sans manger et sans boire et les gardes maniaient très librement le fouet quand ils trouvaient qu'il n'allait pas assez vite. Mais Blade tint bon. Juste avant le coucher du soleil les gardes lui donnèrent un seau d'eau pour boire. Puis ils lui en versèrent deux autres dessus et le ramenèrent à la prison.

Neena insista pour lui donner une part de son

repas et ce fut seulement quand ils eurent mangé qu'ils se glissèrent dans le tunnel pour parler plus librement.

– Je te remercie, Neena, mais tu ne dois pas recommencer.

– Tu vas travailler très dur, Blade. Il faut que tu gardes tes forces.

– Nous devons les garder tous les deux. Notre évasion dépend de ce que tu pourras sauter et tu ne seras pas assez forte si tu te prives de manger.

– Est-ce que vraiment nous avons un espoir de sortir d'ici? Est-ce que tu as trouvé où aboutit le tunnel? Est-ce que nous pourrons passer?

Les questions de Neena se bousculaient. Elle était bien moins calme qu'elle ne voulait le paraître. Blade la prit par les épaules et la serra contre lui.

– Doucement, doucement. Ne te laisse pas emporter au-delà de ce que nous savons.

– Mais qu'est-ce que nous savons?

Il le lui dit, sans rien omettre, pas même les incertitudes.

– Les cendres sont jetées dans un trou au centre de l'âtre. Le trou est recouvert d'une grille de fer aux barreaux assez espacés pour permettre facilement le passage d'un homme. Dessous, il y a une fosse souterraine. J'ignore sa grandeur et sa profondeur mais toutes les cendres et les débris sont jetés.

– Et le tunnel aboutit à cette fosse?

– Forcément, sinon nous ne pourrions pas voir la lumière du brasier. Je ne sais pas à quelle hauteur il y pénètre, cependant, mais je l'apprendrai quand mon tour viendra de travailler au fond. Les esclaves sont abaissés au moyen de cordes et ils ont de grandes écopes de bois pour étaler les cendres. C'est le travail le plus sale et le plus pénible, alors je suis certain qu'on me le confiera.

– Et ensuite?

– Si le tunnel est au bon endroit, je tâcherai de cacher une corde à sa sortie. Ça ne devrait pas être trop difficile, dans l'obscurité et avec tous ces nuages de cendres.

– Oui, je vois. Alors quand j'aurai sauté il me suffira de courir la prendre et de revenir te la lancer.

– Précisément. Ça exigera beaucoup de force et pas mal de chance mais je crois que c'est possible.

– Ma foi, Blade, je trouve que nous avons déjà eu beaucoup de chance. Nous nous sommes trouvés, nous pouvons nous fier l'un à l'autre. Est-ce que ce n'est pas plus que nous pouvions espérer?

Blade dut reconnaître qu'elle avait raison. Il l'enlaça et ils restèrent encore un moment dans l'obscurité, sans se parler. Il y avait plus de réconfort que de passion dans leur étreinte. Enfin ils se relevèrent et retournèrent dormir dans la prison.

Le lendemain même, Blade fut de service dans la fosse. Tout ce qu'on lui avait dit était bien vrai, c'était la plus dure des corvées dans le service de Tiga. Il faisait noir et il n'y avait pas d'air. Les cendres montaient autour de lui en nuages étouffants. Elles s'insinuaient dans sa bouche, dans son nez, ses yeux, ses cheveux. Il toussait et s'étranglait, il larmoyait constamment et même ses oreilles semblaient bouchées par la suie. La corde autour de sa taille le tiraillait et par moments il lui semblait qu'elle allait le couper en deux. Il devait faire appel à toute sa concentration et à toutes ses forces pour tenir le coup. Il y parvint et vers la fin de la journée il avait découvert ce qu'il voulait savoir.

– Nous pouvons y arriver, annonça-t-il à Neena dans la soirée, alors qu'elle lui peignait les cheveux et la barbe avec les ongles pour les débarrasser de la cendre et des scories. Le tunnel aboutit dans la fosse à moins de trois mètres au-dessous de la grille de fer.

Neena ne lui demanda pas comment il allait résoudre le dernier problème, trouver une corde et la placer au bon endroit. Il ne le savait pas lui-même. Les cordes utilisées pour faire descendre les esclaves étaient plus qu'assez longues, mais comment pourrait-il en voler une? Et, surtout, comment pourrait-il s'en procurer une rapidement? Le roi Furzun n'allait pas attendre éternellement, avant d'arracher Neena à sa prison pour l'enfermer dans son harem !

CHAPITRE XI

Blade travailla à tout sauf à la corvée de la fosse pendant huit jours exaspérants. Parfois il se demandait si ses projets et ses espoirs avaient été découverts. Enfin, le neuvième jour, il fut de nouveau descendu dans le trou. Ensuite il y fut envoyé tous les deux jours. Il faisait de plus en plus chaud à mesure que la saison avançait, vers un été tropical.

Blade connaissait maintenant le meilleur moyen de s'emparer de la corde indispensable et de la cacher. Il n'attendait plus que la meilleure occasion possible, sachant qu'il n'en aurait qu'une. Un incident serait probablement considéré comme un accident, un deuxième éveillerait des soupçons et un troisième... ce serait signer son arrêt de mort.

Le jour du cinquième tour de Blade dans la fosse se leva plus chaud et plus étouffant que d'ordinaire. Alors que les esclaves étaient conduits à l'Atre de Tiga, les gardes ruisselaient déjà de sueur et cherchaient à rester le plus possible à l'ombre. En fait, ils semblaient plus intéressés par l'ombre que par la surveillance des esclaves.

La longue corde de plus de quinze mètres fut nouée autour de la taille de Blade. Trois de ses camarades esclaves l'empoignèrent quand il s'avança vers la grille et regarda en bas. Le soleil éclatant rendait les ténèbres du fond plus opaques encore.

Blade se glissa par la grille et s'accrocha à un barreau. Les trois esclaves tenant la corde bandèrent leurs muscles et le chef fit un signe de tête. Blade lâcha le barreau et se sentit glisser dans l'obscurité poussiéreuse.

Quand il atterrit le nuage de cendres habituel s'éleva autour de lui. Une seconde plus tard, une grande écope de bois tomba à côté de lui. Il la ramassa et se mit au travail. Il avait l'intention de travailler normalement pendant un certain temps, pour tromper la vigilance des hommes de la surface.

Il s'acharna ainsi, avec assiduité, pendant vingt bonnes minutes. Il avait maintenant l'air d'une statue couverte de boue, sa sueur se mélangeant aux cendres et à la suie. Ses yeux, son nez, sa bouche, tout son corps le brûlait et le picotait.

Il jeta un rapide coup d'œil en l'air. Personne n'était visible entre les barreaux. La corde pendait mollement par la grille, comme si les trois esclaves qui en avaient la charge s'étaient assoupis.

Blade se dit qu'il ne pourrait y avoir de meilleur moment. Il lâcha son écope, leva les bras, saisit la corde à deux mains et tira de toutes ses forces. En même temps, il se jeta en arrière de tout son poids en poussant un horrible cri de terreur abominable.

Comme il tombait à la renverse il sentit une secousse de la corde qui échappait aux mains des esclaves. Puis il l'entendit siffler dans le noir sur les barreaux et tomber tout autour de lui. Les cendres s'élevèrent en nuage encore plus dense, en brouillard gris aveuglant. Pendant un moment, Blade fut incapable de voir quoi que ce soit, dans aucune direction. Il dut retenir sa respiration pour ne pas être asphyxié.

S'il n'y voyait rien, cela signifiait que d'autres ne pouvaient le voir non plus d'en haut. En tâtonnant, il enroula la corde, bien serrée, et la détacha de sa taille. Quand le nuage de cendres se reposa lentement, il poussa un nouveau cri très convaincant. Il releva aussi la tête, cherchant l'embouchure du tunnel.

Elle était là, tout juste visible mais assez pour former une bonne cible. Il ramena son bras en arrière, retint son souffle et lança.

Blade avait bon bras et bon œil. La corde vola droit vers son but et disparut dans le tunnel où elle retomba avec un bruit sourd. Blade toussa aussi fort qu'il le put en battant des bras et des jambes pour soulever de nouveaux nuages de cendres. De temps en temps, il s'arrêtait de tousser pour appeler frénétiquement au secours. Dans l'ensemble, il fit une remarquable imitation d'un homme luttant désespérément pour ne pas glisser, être enseveli et mourir étouffé.

Finalement, les cris et les gesticulations de Blade

arrachèrent à leur torpeur les hommes écrasés de chaleur et ils vinrent à son aide. Une autre corde glissa à travers les barreaux de la grille, avec un grand nœud coulant au bout. Blade fit passer le nœud sur sa tête et ses épaules, sous ses aisselles, et donna trois coups secs à la corde. Le nœud se resserra autour de son torse et il s'éleva hors des cendres et de la fosse.

Sa tête cogna un des barreaux, puis les esclaves et un des gardes l'empoignèrent comme ils purent, y compris par les cheveux, pour le hisser et le traîner à la surface. Il resta par terre, haletant, épuisé, jusqu'à ce que quelqu'un lui jette un seau d'eau à la figure.

Blade se releva en chancelant, en crachant et en toussant. Deux des esclaves le soutinrent jusqu'à ce qu'il soit sûr de pouvoir se tenir debout tout seul.

– Tu as glissé? demanda l'un d'eux.

Blade hocha la tête. Personne ne s'attendait à ce qu'il puisse parler, quelques minutes après avoir échappé de peu à une mort horrible.

– Ça va, ça va, cria un des gardes, assez rigolé ! Tu as eu ton bain. Retourne au travail en bas !

Un long fouet claqua, la pointe de métal frappa Blade à la hanche. Il serra les dents, sentit le sang couler mais se sentit aussi immensément soulagé.

Aucun des gardes n'avait remarqué quoi que ce soit. Ce genre d'accident était assez courant. Bien des esclaves étaient morts ainsi, celui-là avait eu de la chance et il n'y avait aucune raison de retarder le travail de la journée.

Les gardes firent travailler Blade une heure de

plus pour rattraper le temps perdu par l'accident. Après quinze heures dans la chaleur, les cendres et l'obscurité, il tenait à peine sur ses jambes. L'eau qu'on lui versa dessus ne lui avait jamais paru meilleure et celle qu'on lui donna à boire fut un nectar des dieux. Quand les gardes le reconduisirent à la prison, il avait retrouvé tous ses esprits et marchait bien droit.

On le jeta comme d'habitude par la porte et, comme d'habitude, Neena se précipita pour l'aider à se relever.

– Tu as l'air... Qu'est-ce qui s'est passé?

– Un des tas de cendres s'est écroulé sous moi dans la fosse, répondit Blade d'une voix forte.

Ignorant les rires gras des gardes, il prit Neena dans ses bras et la serra contre lui, la bouche dans ses cheveux près de l'oreille. Ils restèrent ainsi jusqu'à ce que la porte claque.

– Tu l'as? chuchota-t-elle alors.

– Oui, la corde est en place.

Elle frissonna et il s'inquiéta.

– Qu'est-ce qui ne va pas?

– Après-demain... ils viendront me chercher, pour me conduire au roi. Les gardes l'ont dit.

– Alors nous nous évadons cette nuit.

– Non, Blade, tu dois avoir une journée pour reprendre des forces.

– Non, et demain soir ce sera trop dangereux. Ils s'attendront à ce que tu fasses quelque chose de désespéré. Ce soir, ils vont penser que tu es paralysée par la peur.

– Mais...

– Ce sera cette nuit, Neena. Sinon, ce ne sera peut-être jamais.

Elle frémit, puis elle se força à sourire bravement.

– C'est bon, Blade, ce sera cette nuit.

CHAPITRE XII

Dehors, la nuit tomba. Blade et Neena dînèrent puis ils se reposèrent, pour rassembler le plus possible leurs forces en vue de l'évasion.

Blade avait une idée effroyablement précise de leurs chances. Toute cette affaire était totalement improvisée, pleine de hasards, avec bien peu de matériel et encore moins de marge d'erreur. Ils n'auraient pas d'armes, pas de vêtements, pas de souliers. Ils n'auraient pratiquement rien qu'une sombre résolution de ne pas mourir bêtement à Trawn. Restait à voir jusqu'où cette résolution les soutiendrait.

Derrière Blade, Neena s'endormait. Si elle était assez calme pour dormir, c'était bon signe. Il resta éveillé, en surveillant le tunnel. Il ne s'attendait pas à voir ce soir la lueur orangée du feu dans l'Atre de Tiga. Aucun bois n'était arrivé dans la journée. Cela aussi était bon.

Neena dormait paisiblement et sa lente respiration régulière berça Blade au point qu'il s'assoupit un moment. Il se réveilla en sursaut et secoua doucement Neena.

– Il est temps.

Elle se redressa, releva ses cheveux sur son front, se secoua, s'étira comme une chatte et sourit.

Silencieusement, ils se glissèrent vers la grille et s'y insinuèrent. Blade emporta deux des barreaux de bois. Que leur évasion réussisse ou non, ils n'allaient pas revenir.

Le tunnel leur parut interminable. Enfin Blade sentit Neena s'arrêter devant lui et tendre une main tâtonnante dans le noir.

– Nous y sommes.

Blade rampa vers le rebord. Lentement, il se mit debout, étendit les bras de chaque côté et les leva. Il était exactement où il voulait, assez loin du précipice pour avoir un sol ferme sous ses pieds et assez près pour que le plafond soit suffisamment haut. Un bon point de départ mais c'était tout. Neena allait devoir littéralement sauter dans le noir, avec une chute de cent mètres vers une mort certaine si elle ratait son coup.

Il se tourna vers elle, la sentant plus qu'il ne la voyait dans les ténèbres. Elle respirait profondément.

– Tu es prête?

– Oui.

Elle passa devant lui et il s'accroupit pour la prendre par la taille. Blade se dit qu'ils avaient répété dix fois la position, que tout devrait aller bien.

Vous n'avez pas répété le vrai saut, lui rappela une voix intérieure. Il pria la voix de se taire. Il sentit Neena se tendre entre ses bras, fléchir les genoux pour sauter. Il enfonça ses talons dans la terre puis il serra la cuisse de la princesse.

– On y va?

– On y va.

Tous les muscles de Blade et tous ceux de Neena se détendirent d'un coup, en une fraction de seconde d'énergie contrôlée et ils se redressèrent comme un ressort. Blade sentit Neena quitter ses bras, sentit ses propres orteils retomber au bord même de l'abîme, sentit la terre s'effriter et se lança en arrière. Il tomba lourdement et sa tête heurta le sol assez violemment pour l'étourdir. Encore en proie au vertige, il se releva et regarda au-delà du gouffre invisible l'autre côté tout aussi invisible.

Il n'avait pas entendu le bruit d'un atterrissage mais pas non plus l'horrible cri de mort de quelqu'un qui plonge de cent mètres. Puis, dans l'obscurité, il perçut un faible : « Aïe ! »

– Neena ! Ça va?

Blade avait voulu chuchoter. Sa voix lui échappa dans un rugissement qui s'en alla se répercuter d'un bout à l'autre du tunnel. Les mots qu'il avait espéré entendre lui parvinrent dans les ténèbres :

– Oui, je suis bien retombée. Attends... Aïe... Je crois que je me suis foulé un doigt et un orteil ou deux. C'est tout. Je vais aller chercher la corde.

– C'est ça.

Il entendit un moment un bruit de pieds nus qui s'éloignait puis le silence retomba. Le cœur battant, il attendit. Si la corde n'était pas là où Neena pourrait l'attraper, leur évasion était fichue et la princesse elle-même resterait prisonnière du tunnel, incapable de refranchir le gouffre ou de se hisser vers la liberté.

Un pied gratta la terre dure. Blade se redressa.

– Neena?

– Oui. J'ai la corde. Tu peux lancer le pieu.

Blade ramassa les deux barreaux de bois et les lança. Deux chocs furent suivis d'un nouveau « Aïe ! »

– Tu m'en as flanqué un sur le tibia !

Blade rit de bon cœur, pour la première fois depuis qu'ils étaient entrés dans le tunnel. Il entendit d'autres bruits confus, des coups sourds tandis que la princesse s'efforçait d'enfoncer le pieu dans la terre. Cela dura un bon moment. Enfin :

– Il n'est pas très profondément enfoncé. Le sol est trop dur.

– Tu crois qu'il tiendra?

– Je le lui conseille !

Il n'y avait plus rien à dire. Un léger sifflement dans le noir et quelque chose tomba à côté de Blade. Il se baissa et toucha la corde. Il fit un nœud coulant au bout puis il cria :

– Ça y est, Neena. Ramène le mou jusqu'à ce que je t'arrête... Encore un peu. Là, elle est tendue. J'arrive.

Il s'assit au bord du gouffre et passa le nœud coulant autour de sa poitrine. Il vérifia encore une fois la tension de la corde, l'empoigna à deux mains et se jeta dans le vide.

Blade se balança, parut flotter dans le silence et l'obscurité. Il releva les jambes devant lui en équerre pour amortir le choc en frappant la paroi opposée. Il eut un moment l'impression d'être passé dans une tout autre dimension où il se balancerait comme un pendule pour l'éternité.

Ses pieds heurtèrent la paroi. Il entendit des mottes de terre se détacher et tomber. Serrant plus fort la corde, il commença à se hisser, main sur main.

Les minutes qu'il lui fallut pour grimper de huit mètres lui semblèrent des heures, Enfin il leva une main et toucha le rebord. Il chercha un point d'appui, puis un autre, supportant tout son poids avec ses bras. Il perçut un soupir de soulagement de Neena. Pendant quelques instants, il resta suspendu puis il se hissa de toute la force de ses poignets. Il vola par-dessus le rebord comme un bouchon de champagne sautant d'une bouteille et atterrit à plat ventre... en plein sur Neena. Elle poussa un cri. Il roula précipitamment sur lui-même, tâtonna et la prit dans ses bras.

Pendant quelques minutes ils restèrent enlacés, muets, haletants. Enfin Blade ramena la corde, l'enroula et ils repartirent.

Côte à côte, ils se glissèrent hors du tunnel dans la grande fosse sous l'Atre de Tiga. La nuit était noire, le ciel couvert, aucune lumière ne filtrait par la grille de fer. Un vent violent soufflait, en sifflant et en gémissant. La nuit et le vent allaient cacher le prochain stade de leur évasion.

Rapidement, Blade attacha un bout de la corde à l'un des pieux de bois. Puis il balança plusieurs fois la corde et la lança. Elle s'envola et passa entre les barreaux de la grille. Blade et Neena retinrent leur respiration, attendant de voir si le bruit attirait un garde. Rien ne se passa. Blade tira sur la corde jusqu'à ce que le barreau de bois soit fermement coincé contre la grille. Puis il se hissa rapidement.

Arrivé à la grille, il passa la tête et regarda de tous côtés. Dans le noir et avec ce vent, il était impossible de voir ou d'entendre si quelqu'un était là. Il se hissa entre les barreaux, s'allongea à plat ventre et attendit que Neena ait saisi la corde. Lentement, il la souleva hors de la fosse et quelques secondes plus tard elle était à côté de lui. Malgré sa fatigue, elle souriait de toutes ses dents, secouée par un rire silencieux.

Mais il était trop tôt pour triompher. Il y avait encore la ville à traverser. La chance dont ils avaient tant besoin ne les avait pas abandonnés jusqu'à présent. Si elle restait encore avec eux, quelques heures seulement...

Blade regarda de nouveau autour de lui et se figea. Au-dessus d'eux, sur le mur de l'Atre de Tiga, il voyait la silhouette d'un homme armé.

CHAPITRE XIII

Il fallait se débarrasser du garde, vite et sans bruit. Blade déroula la corde et refit un nœud coulant, assez grand pour passer sur la tête d'un homme. Il donna un des barreaux de bois à Neena et leva la corde.

– Je vais essayer de le faire tomber avec ça. Tiens-toi prête à l'assommer et à prendre ses vêtements et ses armes.

Blade traversa l'âtre en silence jusqu'à ce qu'il soit assez près pour viser juste. Le vent et la cendre sous ses pieds étouffaient ses pas lents.

Une fois en position, il attendit que le garde s'arrête et tourne le dos. Puis il bondit en faisant tournoyer la corde au-dessus de sa tête. Elle serpenta dans les airs, flotta un peu dans le vent mais continua droit sur l'objectif. Le nœud coulant tomba sur la tête de l'homme d'armes et Blade tira aussitôt. Le lasso se resserra autour du cou et le garde tomba à la renverse aux pieds de Blade.

Il était encore en l'air quand Neena s'élança. Elle se jeta sur lui dès qu'il atterrit et lui écrasa le larynx avec le barreau. L'homme gargouilla, se tordit et se convulsa un moment puis ne bougea plus. Neena se hâta de le dépouiller de son armure de cuir, de ses armes et de sa sacoche.

Ils attendirent encore une fois, les nerfs à vif, pour voir si l'alarme était donnée. Mais dans la nuit et le vent la soudaine disparition du garde était passée inaperçue.

La tunique de cuir était bien trop petite pour Blade, alors Neena l'enfila et ceignit l'épée. Puis ils attachèrent la corde au cou de Blade, par un nœud lâche. La princesse prit l'autre extrémité. Ils avaient ainsi l'air d'un garde conduisant un esclave quelque part. C'était le meilleur déguisement qu'ils pouvaient trouver pour le moment et qui suffirait peut-être à les faire sortir de Trawnom-Driba, une ville où les redoutables châtiments menaçant les curieux rendaient les gens tout à fait désireux de ne se mêler que de leurs propres affaires.

Le vent redoubla de violence quand ils descendirent de l'Atre de Tiga et traversèrent la place. Au lieu de suivre la rue principale, ils s'engagèrent dans le dédale de cabanes et d'entrepôts au sud du palais. Blade comptait sur son sens de l'orientation pour les guider sans encombre par les venelles tortueuses de ce quartier. Il n'y aurait personne d'éveillé dehors, curieux ou autre.

L'obscurité entre les bâtiments était presque aussi impénétrable que dans le tunnel. Blade prit la tête et Neena le suivit, l'œil aux aguets et l'épée au poing.

A peu près à mi-chemin, ils s'arrêtèrent pour se reposer. Ils s'assirent dans l'ombre opaque d'une énorme pile de barriques. Des gouttes noires en suintaient, qui sentaient le goudron. Blade reconnut le liquide qu'on versait sur le bûcher, dans l'âtre, pour produire la couleur orangée des brasiers rituels.

Il s'adossa contre les tonneaux et s'appliqua à respirer profondément. Bientôt, ils arriveraient à la dernière barrière avant la sécurité de la forêt. Les gardes du mur d'enceinte seraient plus sur le qui-vive que ceux du palais, encore que ce n'était pas...

L'horrible cacophonie de trompettes et les roulements de tonnerre de tambours leur furent portés par le vent. Le vacarme s'enfla à couvrir les hurlements de la tempête, s'essouffla un moment et reprit de plus belle. Pendant l'instant de calme, les deux fugitifs entendirent des cris de rage venant de la direction du palais. Blade jura.

– L'alarme est donnée ! Neena, donne-moi le briquet du garde... Dans sa sacoche. Et écarte-toi.

– Qu'est-ce que...

Neena s'interrompit. Elle connaissait assez bien Blade, à présent, pour ne pas poser de questions oiseuses. Elle leva son épée, recula et fouilla des yeux l'obscurité.

Blade ôta la corde de son cou, se baissa et saisit une des barriques. Elle devait peser pas loin de cent kilos. Lentement, il la souleva et recula de la pile. Puis il la hissa au-dessus de sa tête et la lança de toutes ses forces sur deux autres. Toutes trois se brisèrent et le goudron liquide se répandit.

Blade s'écarta d'un bond, ramassa une longue

écharde, la plongea dans le goudron et fit jaillir une étincelle du briquet. Immédiatement, une flamme orangée monta du bois imprégné. Blade laissa la torche flamber un moment puis il la lança loin de lui, au milieu de la mare de liquide.

Tout explosa en une nappe de feu orangée dans un crépitement assourdissant qui couvrit à la fois le vent et les trompettes. Blade eut l'impression d'être devant la porte ouverte d'une fournaise. Il tourna les talons en faisant signe à Neena de le suivre. Ils s'élancèrent en courant par les ruelles. Blade entendit d'autres barriques exploser et vit la colonne de feu monter plus haut encore.

Alors qu'ils couraient, des portes et des volets s'ouvraient de chaque côté, des têtes sortaient pour voir ce qui se passait. Tous les yeux se tournèrent immédiatement vers l'incendie. Personne ne parut remarquer le petit soldat et l'esclave géant qui couraient comme des dératés.

Quand ils eurent laissé le feu loin derrière eux, ils ralentirent. Deux fois, ils durent s'arrêter pour permettre à Blade de s'orienter. L'incendie se propageait visiblement et le vent le poussait vers le palais. Ils entendaient le rugissement continu des flammes.

Ils entendaient aussi le monstrueux vacarme causé par leur évasion. Partout des trompettes sonnaient, des tambours battaient, plus bruyamment que jamais. Au-delà de l'incendie, Blade distingua les murs du palais où des torches et des lanternes bleues s'agitaient dans tous les sens. Il espéra que les gardes lâcheraient quelques-unes de ces lanternes et torches pour allumer encore une bonne dizaine d'incendies.

La seconde fois qu'ils s'arrêtèrent, ils perçurent des sifflets à stolofs se joignant au tumulte. Neena blêmit sous sa saleté mais Blade ne fit que rire.

– Tu trouves les stolofs amusants, maintenant? s'écria-t-elle sèchement, irritée et peureuse.

– Si je commandais les recherches pour retrouver des fugitifs comme nous, je ne lâcherais pas un seul stolof ce soir. Il y a déjà assez de chaos et de confusion dans la ville. Ces stolofs ne sont pas très intelligents et ils ne feront qu'ajouter au désordre si leurs maîtres ne font pas attention.

Ils trouvèrent enfin un sentier qui tournait à gauche et débouchait dans une ruelle. En y arrivant, ils s'arrêtèrent. Quinze mètres plus loin, la ruelle donnait sur l'espace découvert entre les derniers bâtiments du quartier et le mur d'enceinte de la ville. Les tours d'une porte se dressaient au-dessus des toits des cabanes. Au bout de la ruelle se tenaient trois soldats, tous armés de lances, tous le dos tourné. Quoi qu'ils guettent, ils ne s'attendaient pas à le voir venir de la ruelle.

Blade et Neena se regardèrent. Il soupesa un barreau de bois dans chaque main, elle dégaina son épée. Puis ils s'élancèrent aussi vite que leurs pieds pouvaient courir sur la terre boueuse.

Les trois soldats eurent le temps d'entendre les pas et de se retourner. L'un eut le temps de lever une lance, un autre le temps de crier. Puis Blade et Neena furent sur eux.

L'épée de la princesse se dressa, pointée sur la gorge du soldat à la lance levée. Il lâcha sa lance et referma ses mains sur la lame. Neena tourna l'épée dans la plaie et l'arracha. Le soldat gargouilla, essaya de plaquer ses mains sur sa gorge béante et s'écroula.

Blade mania un des bâtons de côté pour parer un coup de lance et abattit l'autre sur le bras de son deuxième adversaire. L'homme hurla et fit passer sa lance dans sa main valide. Blade la détourna, fracassa la mâchoire de l'homme d'un coup de barreau et se tourna vers le garde sur sa gauche.

Celui-là commit la funeste erreur de lever sa lance pour frapper de haut en bas. Blade fléchit les genoux, passa sous la lance et donna un grand coup de tête dans le ventre du garde. Tout l'air s'échappa de ses poumons dans un grand soupir et il partit à la renverse contre le mur. Avant qu'il ne se remette, Blade frappa de toutes ses forces avec un barreau. Il s'écrasa sur la tempe de l'homme qui tomba sur le flanc. Blade alors lui assena un coup de pied à lui briser toutes les côtes et retourna vers le soldat à la mâchoire fracassée et au bras cassé.

Il n'avait pas seulement ça, maintenant. Il était couché sur le dos dans la boue et Neena retirait son épée d'entre ses côtes. Blade dépouilla l'homme de son ceinturon avec l'épée et le couteau. Puis Neena et lui ramassèrent chacun une lance. Ils se précipitèrent à découvert, pliés en deux, vers le mur d'enceinte.

Ils avaient à peine émergé qu'une volée de flèches siffla au-dessus de leurs têtes et tomba dans la boue ou les maisons derrière eux. Personne ne s'approcha. Par une nuit si noire, les archers surexcités ne visaient pas très bien. Comme les stolofs, ils avaient plus de chances de gêner la chasse aux prisonniers que de l'aider.

Et d'abord, où étaient les stolofs? Après tous ces coups de sifflet...

Blade n'avait pas fini de se poser cette question que Neena poussait un cri aigu et lui empoignait le bras, en montrant la droite de son autre main. Les stolofs arrivaient, deux grands dorés du palais royal. Une demi-douzaine de soldats couraient à leur côté. Devant eux galopait le seigneur Desgo en personne, soufflant dans son sifflet et brandissant un sabre dans chaque main.

Au même instant, les soldats de Desgo virent les fugitifs. Tous se ruèrent en poussant des hurlements de rage et de triomphe. Desgo les vit s'élancer, s'arrêta net et faillit être renversé par les stolofs. Il fit un saut de côté, cracha le sifflet et se mit à beugler des ordres à ses hommes. Ils étaient tous bien trop occupés à se battre pour lui obéir, même s'ils avaient pu l'entendre.

Les six soldats chargèrent droit sur Blade et Neena. Blade et Neena levèrent leurs lances et les jetèrent. Deux soldats tombèrent, un la gorge transpercée, l'autre la cuisse ouverte. Blade et Neena n'eurent pas le temps de récupérer leurs lances avant que les autres soient sur eux. Alors ils se tinrent dos à dos pour ferrailler à l'épée.

Un des adversaires de Blade s'enfuit après quelques coups seulement. Blade frappait l'autre d'estoc et de taille quand Neena poussa un grand cri. Il pivota et vit que ses deux adversaires l'avaient désarmée et l'empoignaient pour la traîner vers le seigneur Desgo.

Blade, avec un rugissement de fureur, lança une attaque rapide contre son ennemi immédiat, une estafilade qui lui ouvrit le bras du coude au poignet. Puis il se retourna pour sauver Neena. A ce moment, les deux ravisseurs pivotèrent pour l'affronter en la traînant devant eux pour leur servir de bouclier.

Un des stolofs lança son ruban. Comme toujours, c'était bien visé, mais pas sur le bon objectif. Le ruban tomba sur un des soldats qui maintenait Neena. Le stolof se cabra comme on le lui avait appris, le soldat tomba à la renverse et fut traîné à l'écart.

Neena s'arracha à la poigne de l'autre et lui enfonça son genou entre les jambes. Il se plia en deux en hurlant, présentant commodément sa nuque au tranchant de la main de Blade. La princesse ramassa son épée. Elle était tellement prise par l'ardeur du combat qu'elle courut vers le soldat renversé par le stolof. Blade resta seul pour affronter Desgo et l'autre monstre.

Il se rapprocha jusqu'à ce que le stolof ne puisse rien lancer sans les entortiller tous les deux dans son ruban. Après une feinte basse, il passa par-dessus la garde de Desgo et porta un coup droit à la tête. Desgo se pencha pour éviter d'avoir le crâne fendu en deux mais la lame de Blade lui entailla la figure du front à la mâchoire, en manquant de peu l'œil droit. Desgo hurla, lâcha ses épées et son sifflet et chancela, à demi aveuglé par le sang qui coulait à flots. Blade lui expédia son poing dans la mâchoire, un autre dans le ventre et le jeta par terre.

Le rubis brillait comme une goutte de feu à la main inerte de Desgo. Blade arracha la bague et la remit à son propre doigt. Ce salopard de Desgo n'aurait rien de lui, à part une mort rapide. Blade leva son épée et s'apprêta à la lui plonger dans la poitrine.

Mais alors Neena glapit :

– Blade ! Le stolof !

Avant qu'il puisse pivoter, un ruban tomba en travers de son dos et sur son épaule gauche. En se retournant, il vit que le stolof de Desgo avait commis une erreur fatale. Il s'était trop approché.

Avant que la créature ne puisse se cabrer et tirer, Blade s'élança. Il passa entre les pattes antérieures et frappa par-dessus les mandibules bavantes, droit au centre des trois yeux rouges.

Le stolof sursauta convulsivement et laissa échapper un cri sifflant. Un liquide jaunâtre puant jaillit de sa blessure et les gouttes qui tombèrent sur le bras de Blade le brûlèrent. Il recula vivement.

Neena se tenait maintenant devant l'autre stolof et le menaçait de son épée ruisselante en lui glapissant des injures. Le stolof semblait paralysé, avec son maître silencieux et son camarade (sa femelle? son mâle?) mourant. Il n'y avait pas d'autres soldats en vue à terre et quelques-uns à peine sur le mur. Blade savait bien où tous les autres étaient allés. L'incendie qu'il avait allumé était à présent une muraille de feu rugissante de près de trois cents mètres de long et progressait rapidement vers le palais du roi Furzun.

Les quelques soldats encore en vue tenaient la porte, cependant, et il y avait des archers parmi eux. Blade chercha un autre moyen de franchir la muraille et ses yeux tombèrent sur le stolof face à Neena. Il était presque contre le mur et arrivait à mi-hauteur.

Blade s'empara d'une lance tombée à terre et courut vers la créature. Il arriva par le flanc, ficha en terre la pointe de la lance et sauta à la perche sur le dos du stolof. Il dut se débattre un instant pour ne pas glisser instantanément. Puis il retrouva l'équilibre et cria :

– Neena ! Ici !

Elle l'entendit et s'élança. Blade se pencha quand elle sauta, l'attrapa et la souleva sur le dos du monstre. Avant que le minuscule cerveau obtus de la créature ne réagisse à ces événements surprenants, Blade avait déjà jeté Neena sur le chemin de ronde. Alors que le stolof commençait à bouger, il sauta, attrapa la balustrade de bois et se hissa à côté de la princesse.

Il bondit immédiatement sur la balustrade opposée et Neena l'imita. L'obscurité au-delà du fossé paraissait amicale et engageante. Neena pressa brièvement la main de Blade puis ils sautèrent tous les deux vers le côté opposé de la douve.

C'était un long saut et une longue chute mais ils atterrirent sans encombre. Blade eut l'impression que tous ses os et toutes ses dents s'entrechoquaient. Il se releva néanmoins aussitôt et aida Neena. Quelques secondes plus tard, ils couraient à perdre haleine loin de la ville vers les ténèbres amicales.

Ils coururent jusqu'à ce qu'ils se sentent incapables de faire un pas de plus, même s'ils avaient à leurs trousses tous les stolofs de Trawn. Blade eut à peine la force de chercher une cachette dans des buissons et d'y porter Neena. Puis il s'allongea à côté d'elle et laissa le sommeil le gagner.

Il dormit d'un sommeil profond, le plus agréable depuis son arrivée dans cette dimension. Pour la première fois, il était libre.

CHAPITRE XIV

Quand Blade se réveilla, le soleil avait déjà plongé bas dans le ciel et les rayons filtrant entre les branches étaient rouges. Neena était levée et ôtait des feuilles et des brindilles de ses longs cheveux.

Ils mangèrent des baies verdâtres aigres d'une liane grimpante et burent l'eau d'un petit ruisseau tout proche. Neena s'orienta sur le soleil couchant. Puis ils retournèrent sous leur buisson pour attendre la nuit.

– Les stolofs peuvent voir et sentir aussi bien la nuit que le jour, dit-elle. Mais pas leurs maîtres. Les gens de Trawn ont peur de la forêt, la nuit. Ils n'ont pas tort, au fond. La nuit, les forêts de Gleor sont mortelles pour qui ne les connaît pas bien. Tandis que moi...

– Tu y es chez toi depuis l'âge de trois ans?

– Non, avoua la princesse en riant. J'ai dû attendre d'avoir neuf ans avant qu'on me permette de m'y aventurer. Mais j'ai quand même passé dix ans à les explorer, à les connaître. Les guerriers de Trawn ne peuvent pas en dire autant. Contre la malchance, il n'y a pas de défense. Autrement, je suis sûre que nous pourrons arriver sans incident à mon dernier campement et de là aux terres de Draad.

– Pourquoi ton campement? Pourquoi ne pas aller tout droit chez toi?

– Blade, tu tiens peut-être à montrer combien tu es fort en parcourant tout nu et pratiquement sans armes les forêts de Gleor. Ça ne me dit rien du tout. Dans ce campement, j'ai laissé des lances, des arcs, des vêtements et des bottes, des flacons pour l'eau et même de la viande séchée. Et puis il y a Kubona. Je ne peux pas la venger maintenant, encore qu'elle le sera tôt ou tard. Je peux au moins lui donner une sépulture décente et à son esprit des prières pour l'aider.

Ils quittèrent leur abri dès la nuit tombée. Neena prit la tête et après quelques centaines de mètres dans un enchevêtrement cauchemardesque de lianes et de fourrés pour brouiller leur piste, elle tourna vers l'ouest, par une piste d'animaux bien battue. Là elle pressa le pas.

Ils marchèrent toute la nuit, avec une seule halte brève pour se reposer et boire et un petit détour pour contourner un camp de chasseurs. Peu avant le lever du jour, ils burent encore à un étang boueux et mangèrent la pulpe de plusieurs noix de koba tombées. Puis ils grimpèrent à dix mètres de hauteur dans un grand arbre, trouvèrent un solide perchoir dissimulé par les longues feuilles et s'endormirent.

Le quatrième matin, ils ne cherchèrent pas d'abri pour la journée. Neena s'orienta encore une fois sur le soleil et partit vers le nord.

– Nous devrions arriver au campement aujourd'hui, dit-elle. Il sera plus facile à trouver de jour, même pour moi.

– Et nos amis de Trawn?

– Ils ne représentent plus guère de danger, je crois. Nous avons dépassé les limites des endroits où vont généralement les chasseurs et ceux qui ont pu nous poursuivre de la ville sont certainement à une journée de marche au moins derrière nous.

Neena s'engagea dans la jungle aussi droit qu'il était possible, jusqu'à midi. Alors elle s'arrêta et se mit à aller et venir comme un chien de chasse, cherchant les marques qu'elle avait laissées pour retrouver son camp. Blade perdit bientôt la notion du temps. Il commençait à perdre celle de la distance quand Neena poussa soudain un cri, si aigu qu'il crut qu'elle avait été mordue par un serpent. Mais elle tendit le bras et montra un énorme arbre creux, gris et tout couvert de mousse, fendu sur un côté par la foudre.

Ils étaient arrivés au campement. Une autre phase de leur évasion se terminait. Il n'en restait plus qu'une, qui serait sûrement la plus facile.

Les armes et le reste étaient au fond de l'arbre creux, dissimulés par des tas de feuilles et de branchages.

– Kubona et moi, nous ne voulions pas que des gens de Trawn les trouvent, bien sûr, expliqua Neena, mais nous ne voulions pas non plus que nos propres chasseurs de Draad les découvrent. Je n'étais pas censée me hasarder aussi loin dans la forêt sans gardes.

Blade ne dit rien et s'efforça de garder son sérieux. Il ne dut pas très bien réussir car Neena le regarda et soupira :

– Bon, pas la peine de me regarder comme ça. Je sais ce que tu penses et ce que tu aimerais dire. Tu as raison, d'accord, alors tu peux te taire. J'en aurai bien assez à entendre de mon père quand nous serons chez nous.

– Je n'en doute pas, dit Blade d'une voix soigneusement neutre.

– Je suppose que je le mérite, après tout. C'est bien ma faute si Kubona est morte. Mais je pense que mon père sera si heureux de me retrouver saine et sauve qu'il ne grondera pas trop. La reine Sanaya, d'un autre côté...

– Ta mère?

– Non. La femme de mon père, répliqua la princesse sur un ton cassant.

– Si je comprends bien, vous ne vous aimez pas à la folie, Sanaya et toi?

– Pas assez pour qu'elle regrette sincèrement que j'aie été enlevée et réduite à l'esclavage à Trawn. Elle n'a que trois ans de plus que moi. Mon père l'a épousée il y a deux ans, dans l'espoir d'avoir d'autres enfants, des fils surtout.

– Tu es l'unique héritière du roi Embor?

– Il y a ma sœur Jana mais elle n'a que onze ans et mon père ne l'aime pas beaucoup. Ma mère est morte en la mettant au monde.

– Y a-t-il une loi interdisant aux femmes de régner, à Draad?

– Non, pas de loi, mais voilà deux siècles que ce

n'est pas arrivé. Il y a trop de guerriers et de chefs de clan qui seraient plus heureux sous le règne d'un homme. Ils disent qu'un homme saurait mieux les conduire à la guerre contre Trawn.

– Ils ne raisonnent pas très intelligemment.

Neena cracha et frappa du poing l'arbre mort.

– Ce sont de fichus crétins ! Trawn marchera contre nous bien plus tôt qu'ils ne le croient. Si Sanaya devait concevoir cette nuit, nous aurions la guerre avant que son fils sache marcher. Même s'il a le temps de grandir jusqu'à un âge de guerrier, il ne pourrait que mourir comme nous tous si nous ne pouvons rien contre les stolofs ! Enfin... Sanaya finira bien par avoir ce fils. Elle vient d'une lignée où les femmes sont fécondes. Elle aura alors moins le temps d'intriguer avec ses amis ou de s'occuper de moi.

Le premier souci de Neena, cependant, était de procéder aux derniers rites pour Kubona, de mettre au repos son corps ou au moins son âme.

– Ces porcs de Desgo l'ont simplement laissée là comme un quartier de viande quand ils en ont eu fini avec elle, dit-elle sur un ton de rage si meurtrière que Blade lui-même se sentit mal à l'aise. Les dieux seuls savent ce qui a pu passer par là depuis. Mais nous ferons de notre mieux.

Le lieu de la bataille et de la mort de Kubona était à trois kilomètres environ et ils y arrivèrent dans le milieu de l'après-midi. Les squelettes des deux soldats de Desgo blanchissaient dans l'herbe haute qui avait poussé autour d'eux. Neena et Blade cherchèrent longtemps, dans l'espoir de découvrir les ossements plus délicats de Kubona mais ils ne trouvèrent absolument rien. Même ses vêtements et ses armes avaient disparus.

– Des chasseurs de Draad l'ont peut-être trouvée et emportée pour l'enterrer, suggéra Blade.

– Peut-être, mais ce n'est guère possible. Ils sortent plus souvent et s'aventurent plus loin que ceux de Trawn mais les forêts de Gleor sont immenses, alors il leur est difficile de trouver ce qu'ils ne cherchent pas. Non, je crois plutôt que les animaux ont fait à Kubona des obsèques forestières. C'est tout ce qu'elle peut espérer avoir et nous ne pouvons changer ce que les dieux lui ont réservé. Cela vaut peut-être mieux. Kubona était une chasseresse et la descendante de nombreux chasseurs. Son âme appartient au grand air et aux vastes forêts. Son corps aussi, maintenant. Les dieux savaient sans doute ce qu'ils faisaient... Nous voici, ma compagne. Nous voici, vivants, pour te souhaiter la paix et te venger quand nous en aurons l'occasion.

Neena se tourna vers Blade et lui tendit les bras. Comme s'il était tiré par des fils invisibles, il s'approcha d'elle.

Dès qu'il fut à la portée de la princesse, elle l'enlaça en se pressant contre lui.

Ils s'étaient déjà embrassés et enlacés souvent, mais plutôt comme un frère et une sœur. Cette fois, c'était différent. Les semaines de captivité, les semaines d'endurance, la tension et la violence de leur évasion, la longue marche dans la forêt, peu à peu, tout cela avait forgé des liens entre Blade et Neena.

Maintenant ils avaient le lieu, le temps et la force de les nouer plus solidement.

Les mains de Neena glissèrent pour caresser l'intérieur des cuisses de Blade. Il délaça lentement la tunique de la princesse, écarta le cuir et ses doigts effleurèrent les splendides rondeurs des petits seins, les mamelons soudain durcis. Les lèvres de Neena frémirent, s'entrouvrirent et se posèrent, humides et brûlantes sur la bouche de Blade.

Il acheva de délacer la tunique et la fit glisser des épaules. Elle était maintenant nue jusqu'à la taille. Il courba la tête et sa bouche se joignit à ses mains pour caresser la gorge, les épaules, les seins. Il embrassa chaque mamelon et les sentit se dresser plus encore. Neena gémit tout bas, au fond de sa gorge.

Blade voulut lui délacer le pantalon mais elle le devança. Elle le fit glisser sur ses longues cuisses fuselées. Le pantalon tomba autour de ses chevilles et s'accrocha aux bottes. Neena poussa et tirailla, en pestant et riant à demi de dépit, de passion et d'impatience. Finalement, elle se jeta sur le dos, les bras écartés, les cheveux en éventail dans l'herbe. Elle pouvait lever les jambes mais pas les écarter. Son pantalon la ligotait aussi efficacement que les entraves du seigneur Desgo. Elle rua furieusement, essaya de s'asseoir et retomba en arrière, prise d'un tel fou rire qu'elle n'était même plus capable de soulever la tête.

Blade ôta son pagne et se dressa au soleil dans toute sa nudité. Neena ouvrit des yeux ronds en contemplant toute la splendide virilité de ce corps puissant. Il s'agenouilla, lui arracha ses bottes puis le pantalon qu'il jeta derrière lui. Elle put enfin écarter les jambes d'un mouvement souple.

Avec une souplesse égale, Blade s'allongea au-dessus d'elle, soutenu par les bras. Les lèvres de Neena formèrent des mots, une supplication. Il resta encore un moment en équilibre, jusqu'à ce qu'elle le saisisse par les cheveux et la barbe. Elle lui tira la tête si violemment que pendant un instant la vive douleur faillit chasser le désir.

Doucement, Blade se laissa retomber, lentement mais fermement il pénétra Neena. Elle ouvrit des yeux immenses, battit des paupières et les ferma. Un cri lui échappa, un râle, puis ses lèvres cherchèrent avidement celles de Blade.

Ensuite elle garda le silence mais son corps parlait pour elle. Sa bouche dévora celle de Blade, ses bras le serrèrent, ses ongles lui labourèrent le dos, ses jambes se nouèrent autour de sa taille. Elle l'empoignait, le pressait, le serrait de toutes les façons imaginables, l'attirait par tout ce qu'elle pouvait toucher, atteindre ou absorber. Elle semblait craindre de le lâcher un instant, de peur qu'il ne s'écarte et que leur étreinte soit incomplète.

Blade ne risquait pas de s'écarter. Il aurait serré Neena tout aussi étroitement s'il n'avait eu peur de ce que sa propre force pourrait lui faire. Il avait rarement senti une femme se jeter dans l'acte d'amour comme le faisait la princesse. Il s'était rarement senti lui-même autant emporté par la passion. Toute sa pensée, tout son être se concentraient sur la femme qu'il tenait et qui le tenait.

Elle commença à se tordre de côté et d'autre

tandis qu'il se soulevait et replongeait en elle. Il sentait le sang se mêler à la sueur dans son dos griffé. Elle haleta, râla, sanglota et puis laissa échapper une longue plainte monotone, infinie, incessante. Sa voix s'enfla, la passion de Blade aussi. Il gémissait aussi, essayait désespérément de se retenir, de durer jusqu'au bout.

La plainte de Neena se transforma en un cri aigu qui résonna dans la clairière et envoya oiseaux, petits animaux et insectes s'enfuir à tire-d'aile et au galop dans toutes les directions. Elle arqua son dos et souleva vers Blade son bassin tandis qu'il pesait sur elle, elle le griffa, le mordit, sanglota encore, secoua follement la tête et ses cheveux retombèrent sur eux deux comme un voile.

Avant la fin de l'orgasme de Neena, Blade atteignit le sien. Il ne cria pas, parce que tout son souffle lui échappa dans un immense soupir tandis qu'il se laissait aller, projetant son jet brûlant en elle. Il l'enlaça plus étroitement, oubliant sa force. Elle ne protesta pas, elle paraissait ne plus rien remarquer. Dans cet instant, il aurait pu lui rompre les os qu'elle ne l'aurait pas senti.

Ces minutes de folie passèrent, puis ils retombèrent enlacés, inertes dans l'herbe aplatie, ruisselant de sueur sous le soleil. Enfin leur respiration s'apaisa et ils purent de nouveau entendre et voir le monde autour d'eux. Il leur fallut encore plusieurs minutes pour arriver à bouger et à parler. Alors ils se relevèrent enfin, s'épongèrent et se regardèrent.

Blade remarqua qu'à moins de trois mètres, c'était l'endroit où avait été torturée et tuée Kubona. De l'autre côté, à six mètres, gisaient les squelettes des soldats de Desgo. Neena suivit son regard et rit.

– Non, Blade. Je ne crois pas que nous ayons à craindre que leur esprit réprouve ce que nous avons fait. Kubona... Ma foi, elle n'était plus une vierge rougissante. Si elle nous a observés, elle partira heureuse et en paix en voyant notre bonheur.

– Et l'esprit des soldats?

– S'ils étaient encore là pour regarder... eh bien, ils nous auront vus vivants et heureux. Ils s'en iront, eux, dans les tourments, sachant qu'ils sont morts en vain, que nous sommes revenus ici ensemble, pour nous aimer là même où ils sont morts. Je doute que nous ayons pu trouver meilleur moyen d'aggraver leur tourment.

Blade rit de la férocité de Neena mais reprit vite son sérieux.

– Nous ferions mieux de nous rhabiller et de retourner au camp.

– Tu préfères te cacher dans l'ombre plutôt que de rester couché au soleil?

– Je préfère passer le reste de la journée là où personne ne peut nous voir. Il se peut qu'il ne reste que les esprits des soldats de Trawn dans cette forêt. J'aimerais mieux ne pas apprendre le contraire quand une lance s'enfoncera dans ton ventre.

Neena soupira et acquiesça. Ils se levèrent, s'habillèrent puis, la main dans la main, ils repartirent sous les grands arbres.

CHAPITRE XV

Quand ils furent revenus au campement de l'arbre creux, Neena était toute prête à refaire l'amour. Ils se couchèrent dans l'obscurité moussue parmi les feuilles mortes et s'étreignirent de nouveau. Ensuite, Neena parut enfin satisfaite et s'endormit le sourire aux lèvres. Blade la contempla un moment. Finalement, il parvint à ignorer les grondements de son ventre vide et le sommeil le gagna aussi.

Ils dormirent tout le reste de la journée et presque toute la nuit. Dans la lumière grise précédant l'aube, Blade se réveilla et trouva Neena déjà levée qui fouillait parmi ses affaires. Elle poussa soudain un cri triomphant et tira d'une sacoche un large bracelet d'or, incrusté d'émeraudes énormes qui fulguraient d'un magnifique feu vert même dans la pénombre.

– Blade, lève ton bras gauche.

Il y avait dans la voix de Neena une intonation qu'il n'avait encore jamais entendue. C'était un indiscutable ton de commandement, mais auquel se mêlait une surprenante tendresse. Il obéit.

Neena ouvrit le bracelet et le fit claquer autour du poignet gauche de Blade. Elle laissa retomber le bras, se redressa et, à genoux, entièrement nue, elle le dévisagea fixement.

– Maintenant, par la volonté des dieux, par les lois et les coutumes de Draad et, surtout, par mon choix, tu es le mari qui m'est promis, à moi Neena, princesse de Draad.

Blade ne s'attendait pas à cela mais il n'en fut pas autrement étonné, et pas du tout malheureux. En étant le fiancé d'une femme de haut rang, il aurait à Draad une position qui pourrait se révéler précieuse. Être le fiancé de Neena, avec sa beauté, son adresse et sa vivacité spirituelle, serait encore plus agréable qu'utile.

Il portait à son doigt la bague de rubis qu'il avait reprise au seigneur Desgo. Lentement, il l'ôta.

– A ton tour, Neena. Donne-moi ta main gauche.

Il prit la petite main forte et glissa la bague à l'index. Elle était trop grande pour les autres doigts. Il sourit quand Neena leva la main et regarda la bague.

– Maintenant, dit-il, par la volonté des dieux, par les lois et coutumes d'Angleterre et par mon consentement, tu es la femme qui m'est promise, à moi, Blade, prince d'Angleterre.

Il fut surpris de voir des larmes briller dans les yeux de Neena. Il ne dit rien mais les lui essuya doucement du bout des doigts.

– Je suis heureux, Neena.

– Moi aussi, souffla-t-elle d'une voix mal assurée. Mon père... Qu'il soit heureux ou non je doute qu'il dise quelque chose contre toi. Il sait depuis longtemps que je n'aurai d'autre mari que celui que je choisirai moi-même. Je t'ai choisi, et comme il m'aime, je ne crois pas qu'il se permettra de te détester. La reine Sanaya sera une autre affaire. Elle sera...

La princesse s'interrompit, comme si elle craignait d'en avoir trop dit. Blade lui souleva le menton et la regarda dans les yeux.

– Neena, je ne pourrai pas être tout ce que tu souhaites et dois avoir d'un mari si tu ne me dis pas quels dangers j'aurai à affronter à Draad. Tu m'en as dit assez sur la reine Sanaya pour que je m'interroge à son sujet. J'ai déjà connu de telles femmes et elles ont rarement été mes amies.

– Tu as raison. Je vais te parler d'elle, mais cela va peut-être paraître trop simple. Sanaya sait que si j'ai un mari, je pourrai bientôt lui donner un fils. Alors elle ne sera plus la seule à donner des héritiers à la maison royale de Draad. Sa situation sera affaiblie et si elle fâche mon père comme elle l'a déjà fait, il risquerait de ne plus hésiter à la répudier.

– Je vois.

– Tu ne vois pas tout. Si Sanaya craint cela, elle sera désespérée, et quand elle est désespérée elle devient dangereuse. Elle sera dangereuse pour nous deux mais surtout pour toi.

– Je serai vigilant.

– Je l'espère bien. Je ne sais pas jusqu'où Sanaya irait pour se défendre. Tu devras aussi veiller sur tes propres désirs. Elle est extrêmement belle et il paraît qu'elle est aussi habile et expérimentée. Si tu couchais avec elle, je le prendrais en mauvaise part.

Blade hocha la tête. Il fut tenté de demander à Neena ce qu'elle lui ferait au juste, si elle « prenait en mauvaise part » quelque chose qu'il aurait fait. Il jugea que ce ne serait peut-être pas prudent et changea de conversation.

– Tu aimes la bague?

– Oui. Il n'existe pas de ces pierres dans toutes les forêts de Gleor ou dans la terre qu'elles recouvrent.

– C'est une pierre magique de mon pays, appelée rubis. Je te l'ai donnée en gage de fiançailles, mais je serai obligé de te la redemander quand nous serons à Draad.

Neena fit une moue de petite fille boudeuse.

– Pourquoi?

– Comme je te l'ai dit, c'est une pierre magique, qui peut recevoir des enchantements. Un grand Kaireen et sorcier de mon pays, le seigneur Leighton, a rempli cette pierre d'enchantements protecteurs. Je serai menacé, par Sanaya et par d'autres, si je ne la porte pas à notre retour à Draad.

Blade se demanda ce que Lord Leighton dirait s'il se savait qualifié de « sorcier ». Le savant piquerait certainement une petite crise, au moins.

Neena soupira :

– Très bien, je ne te laisserai pas sans protection. Mais je porterai le rubis jusqu'à Draad et nous n'y serons pas avant une semaine.

Ils rassemblèrent leurs vêtements, les armes et les sacoches et repartirent. Quand le soleil se leva au-dessus de la forêt, ils étaient déjà bien en route vers l'est.

Il leur fallut près de huit jours pour atteindre les premiers villages de Draad. Partout la forêt était dense mais ils ne manquèrent jamais d'eau, de gibier et de fruits, et ils ne risquaient guère de rencontrer des chasseurs ou des guerriers de Trawn. Blade trouva la marche vers Draad aussi agréable qu'une partie de camping, surtout en la comparant à tout ce qui l'avait précédée.

Pendant deux jours, ils grimpèrent de plus en plus haut. Les arbres se clairsemèrent, les insectes bourdonnants disparurent, les nuits devinrent froides et au-delà des cimes, Blade distinguait parfois des montagnes voilées de brume.

– Les monts de Hoga, expliqua Neena. C'est une grande barrière naturelle contre les maraudeurs de Trawn. Avec les clans des montagnards, elle a fait beaucoup pour préserver notre liberté. Mais j'ai bien peur que ce qui était suffisant dans le passé ne le soit plus maintenant.

Dans un lieu que Neena appelait la Passe de Mezan, ils rencontrèrent les premiers montagnards. Blade vit tout de suite qu'ils étaient de la même trempe que la princesse. Ils étaient tous grands, minces mais superbement musclés, avec la peau légèrement cuivrée et des cheveux si noirs qu'ils avaient des reflets bleus au soleil. Les femmes comme les hommes portaient des armes, un privilège des clans de la montagne.

– Si dans le reste de Draad les choses étaient faites aussi sagement que chez les montagnards, nous serions beaucoup moins en danger, dit amèrement Neena. Tous ceux qui le peuvent se battent, ils connaissent leur territoire, ils ne perdent pas de temps à intriguer ou à se quereller entre eux.

Blade comprit qu'au-delà des monts de Hoga, tout était différent. Le roi Embor était moins un monarque qu'un arbitre des disputes et des vendettas d'une vingtaine de clans, possédant chacun ses terres et ses villages. Le fait que les guerriers de Trawn et leurs stolofs les surpassaient en nombre, à trois ou quatre contre un, n'avait pas encore réussi à unir les seigneurs féodaux de Draad.

Les clans de la montagne avaient appris la disparition de Neena et la grande douleur de son père. Ils se réjouirent de son retour, assez sobrement, et organisèrent un festin avec de la viande rôtie en abondance, des noix de koba, du poisson des torrents de montagne et une bière amère mais forte.

Neena demanda aux chefs de ne pas envoyer de messagers à son père. Elle tenait à lui faire la surprise.

Mais les clans durent passer outre à ses souhaits. Deux jours plus tard, après avoir franchi les monts de Hoga, Blade et Neena arrivèrent au premier des villages de la plaine. Ce fut là qu'ils rencontrèrent le roi Embor avec toute sa cour, toute sa garde... et tous ses problèmes.

CHAPITRE XVI

Embor avait une demi-tête de plus que Blade et, comme sa fille, il était mince et délicatement charpenté. L'âge l'avait émacié mais il avait des gestes sûrs, souples et gracieux, empreints d'une grande dignité. Sa peau était de la même couleur que celle de sa fille et ses cheveux, comme sa courte barbe carrée, d'un gris argenté.

Il portait un collier de disques de cuivre incrustés de grosses émeraudes et reliés par des maillons d'or, des bagues d'émeraude à quatre doigts et une épée tornée d'une émeraude vraiment gigantesque. Sa tunique et son pantalon en fourrure de singe étaient teints en rouge, il était chaussé de bottes de cuir souple et ceint d'une large ceinture de cuivre mais n'avait pas de couronne.

Le roi s'avança vers Blade et Neena et les guerriers s'écartèrent. Presque tous dévisageaient Blade et deux ou trois levaient leur lance. L'un d'eux alla même jusqu'à mettre une flèche à son arc pour le viser, mais cela lui attira un regard réprobateur du roi et il remit vivement la flèche dans son carquois.

– Eh bien, ma fille, dit Embor avec un sourire d'une douceur étonnante. Ainsi tu nous reviens saine et sauve... et avec un mari.

Sur ce, il perdit sa réserve et serra Neena dans ses bras. Pendant un long moment, le père et la fille restèrent enlacés devant les guerriers souriants.

Une personne ne souriait pas, du moins pas quand l'attention du roi Embor était détournée d'elle. C'était une femme grande, sculpturale, presque voluptueuse, au visage d'un ovale parfait encadré par une masse de cheveux acajou. Elle aussi était vêtue de fourrure de singe teinte en rouge et portait un collier de cuivre, d'or et d'émeraudes. Malgré sa grande beauté, elle avait une expression impassible et glacée, sauf lorsque ses yeux se posaient sur Neena. Alors, ils fulguraient de haine.

Blade n'essaya pas de croiser le regard de cette femme ni d'attirer son attention. Il n'avait besoin de personne pour savoir qui elle était : la reine Sanaya. Et ce qu'il voyait dans ses yeux confirmait tout ce que Neena lui avait dit. Il se promit de se tenir à carreau. Sanaya était reine de Draad et lui-même un nouveau venu, un étranger. Quelle serait la force de sa position comme mari de Neena, il n'en savait rien encore. En attendant, la prudence s'imposait.

Embor et Neena se séparèrent enfin et le roi se tourna vers Blade.

– Tu viens ici comme mari de ma fille, alors je ne te poserai pas autant de questions que je l'aurais fait autrement. Je ne méprise pas son jugement et je sais qu'elle n'aurait pas choisi un homme indigne, et

J'INTERDIS A QUICONQUE DE LE SUPPOSER !

Sa voix s'était soudain enflée, tonnante, faisant sursauter la reine Sanaya comme une pouliche effrayée. Il s'avança et tendit les deux mains à Blade, qui les prit.

– J'ignore tout de toi et de ce que ma fille et toi avez fait pour vous évader de Trawn. Je vous demanderai à tous deux de me le raconter, en un autre temps et un autre lieu. Pour le moment, je te dis simplement... sois le bienvenu à Draad, mon fils.

Embor donna l'accolade à Blade. Par-dessus l'épaule du roi, il vit Neena et Sanaya. La princesse arborait un large sourire. La figure de la reine était de nouveau figée, si totalement que même ses yeux ne révélaient rien des émotions qui devaient bouillonner en elle.

Tout le groupe royal fit demi-tour, et avec Blade et Neena ils descendirent vers la vallée de Draad. Tout le monde allait à pied sauf la reine Sanaya et un homme âgé qui était, d'après Neena, le Grand Kaireen, le sage le plus érudit de Draad. Ils étaient portés en litière. Tous les autres marchaient, depuis le roi jusqu'à la trentaine de serviteurs accompagnant la suite royale.

Et ils marchaient vite. A la fin de chaque journée, Blade était heureux et soulagé de s'asseoir par terre devant le feu de camp du roi, de boire de la bière dans des bols de bois et de raconter à Embor leurs aventures à Trawn.

Tandis que le roi apprenait ce qui était arrivé aux deux prisonniers évadés, Blade en apprenait davantage sur Draad. Presque tout ne faisait que confirmer ce que Neena lui avait déjà dit, la rivalité des clans, l'arbitrage du roi, l'habileté et l'endurance des chasseurs et des guerriers dans les immenses forêts.

D'autres choses étaient nouvelles. Neena ne lui avait pas dit, par exemple, que Draad était pauvre en métaux. Seuls les plus grands chefs et guerriers pouvaient se permettre des épées. Les autres devaient se contenter de lances, de flèches, de massues ou de haches de bois et de pierre. C'était suffisant pour la chasse. Face aux hommes d'armes et aux stolofs de Trawn, ce serait une autre affaire.

Parmi les métaux, le fer était le plus courant et les Kaireens et leurs serviteurs savaient assez bien le travailler. Mais le cuivre était si rare que seuls les plus grands seigneurs avaient les moyens d'en porter comme bijoux. Le cuivre du grand collier d'Embor valait plus que six riches villages avec leurs habitants, leur bétail et leurs terres.

D'un autre côté, le peuple de Draad avait de nombreux talents et ressources, qui compensaient leur manque de métaux. Il y avait les émeraudes, qui ruisselaient littéralement de riches mines dans le sud du pays. Il y avait aussi les arbres threebos. Cette plante de l'espèce bambou avait des tiges rondes annelées qui pouvaient être taillées pour faire des hampes de lances, des manches de haches et de longs bâtons d'escrime de deux mètres cinquante que l'on appelait threebos comme l'arbre lui-même.

Blade fit grande impression sur les guerriers de la garde royale en battant rapidement six ou sept d'entre eux dans des joutes au threebo. Puis le roi Embor le défia. Il aurait pu le vaincre aussi, mais il réussit à l'éviter sans que cela se remarque. Embor n'aurait sans doute pas été vexé d'être vaincu par son nouveau gendre, mais le roi avait trop d'ennemis capables de tirer d'une telle défaite des conclusions erronées.

Il y avait aussi des feuilles, des résines, des écorces que le peuple de Draad avait appris à utiliser avec grand art. La pratique de la médecine, aussi, était étonnamment avancée comme Blade put le constater un jour.

Le groupe royal suivait un large sentier au bord d'un lac. Il faisait un temps doux et couvert, sans un souffle de vent, et l'eau était comme un miroir. Soudain une femme surgit des buissons en gesticulant et, en se lamentant, glapit :

– Seigneur, ah, seigneur mon roi, envoie un Kaireen ! Envoie un Kaireen ! Mon fils, mon garçon, un rôdeur noir l'a attaqué ! Un Kaireen, pour l'amour des dieux !

Tout le groupe royal entra en action. Le roi Embor appela six guerriers de sa garde. Le Grand Kaireen descendit de sa litière. L'occasion de pratiquer son art de la médecine semblait l'avoir rajeuni de dix ans.

– Puis-je les accompagner, Majesté? demanda Blade.

– Certainement. Les talents de nos Kaireens ne sont pas des secrets.

Blade se joignit aux sauveteurs et ils partirent vers la berge du lac, précédés par la femme.

Le jeune garçon était couché dans l'herbe près d'une cabane en rondins au bord de l'eau. Sa jambe droite semblait avoir été déchiquetée de la cuisse à la cheville par des haches particulièrement affûtées. Il était inconscient, mortellement pâle, mais respirait régulièrement. Le Grand Kaireen lui jeta un simple coup d'œil et se tourna vers ses assistants.

– Il faut l'amputer.

La mère gémit et se jeta à ses genoux, mais il lui dit avec douceur :

– Pardonne-moi, petite mère, mais nous n'avons pas le choix, si tu veux que ton fils vive. Cette jambe ne le soutiendra plus jamais. Au contraire, elle va s'infecter et achèvera ce que le rôdeur noir a commencé.

La femme ravala ses larmes et hocha lentement la tête.

Les assistants se mirent rapidement au travail. L'un d'eux tira d'un sac une scie aux dents de fer plantées dans une barre de bois, un autre une gourde et un tampon d'étoffe. Il déboucha la bouteille et versa sur le tampon la valeur d'un grand bol de liquide puis il prit le garçon par les cheveux d'une main et appliqua le linge imbibé sur son nez et sa bouche.

L'enfant miaula et se débattit. Le Grand Kaireen dut le maintenir par les épaules pour le faire tenir tranquille. Malgré tout, il fallut attendre un long moment avant que sa respiration ne redevienne régulière et qu'il sombre dans l'inconscience.

Une fois que l'anesthésique eut fait son effet, les assistants ne perdirent pas de temps. Tous deux semblaient être des chirurgiens compétents. En quelques minutes, la jambe déchiquetée fut amputée et le moignon nettoyé et pansé. Ils avaient l'air de connaître les principes de l'asepsie, ils prenaient soin d'avoir les mains propres et de ne pas laisser la plaie ou les pansements toucher le sol.

Blade avait une foule de questions à poser sur la médecine à Draad, en particulier sur le liquide anesthésique. Mais il se dit qu'il risquerait d'éveiller des soupçons en se montrant par trop curieux, et de se faire des ennemis.

Ils rejoignaient le reste du groupe quand le Grand Kaireen fut d'humeur à causer.

– Prince Blade, dit-il, tu as observé avec intérêt mes assistants au travail. Y a-t-il des Kaireens dans ton pays d'Angleterre?

– Oui, beaucoup.

– Sont-ils plus savants que moi?

Blade sentit que le vieillard réclamait des louanges mais il ne semblait pas homme à apprécier la basse flatterie.

– Certains le sont, un bien plus grand nombre ne le sont pas.

C'était à la fois flatteur et exact. Le Grand Kaireen paraissait capable d'utiliser toute son intelligence, pour tout ce qui pourrait l'intéresser. Cela faisait de lui un sage et un savant, dans n'importe quelle dimension. Il sourit avec plaisir.

– Merci. Nous ne possédons guère de talents qui peuvent te surprendre, j'imagine?

C'était une perche admirable et Blade la saisit.

– Non, sans doute, mais... Ce liquide que tu as

versé sur le tampon, qui a endormi le garçon. Voilà qui m'intéresse.

Le Grand Kaireen soupira d'un air las.

– Oh, ça? L'eau dormeuse des feuilles de peza? C'est une singulière moquerie des dieux.

– Comment cela? Elle a épargné beaucoup de souffrance à cet enfant.

– Oui, elle vaut mieux que rien. Mais elle n'est pas tellement efficace. On la produit en faisant bouillir des feuilles de peza dans l'eau des torrents de montagne, puis on laisse le liquide reposer. Ensuite, on prélève ce qui est tombé sur le fond et c'est l'eau dormeuse. Elle n'est pas assez forte, car tu as vu que même un faible enfant a mis longtemps à s'endormir. Cependant, si l'on en emploie trop, le sommeil se change très facilement en mort.

– Vous n'avez aucun moyen de la rendre plus forte?

– Les dieux ne nous ont pas donné une telle science, Blade, depuis toutes ces années que nous utilisons l'eau dormeuse. Je crois qu'ils ne nous la donneront jamais. Ils désirent peut-être que nous supportions la douleur, pour nous rappeler que nous sommes faibles après tout.

– Peut-être, murmura Blade mais son esprit n'était plus uniquement à la conversation.

Il tirait des conclusions de ce qu'avait dit le Grand Kaireen et son cerveau fertile faisait des bonds pour découvrir de passionnantes solutions. L'anesthésique était trop faible et peu sûr. Ce n'était pas étonnant, si l'on considérait la fabrication rudimentaire. Mais si on trouvait le moyen de *distiller* l'eau dormeuse, alors elle serait cinq, six, dix fois plus puissante.

Oui, mais la distillation supposait des tubes de métal, en grande quantité. Il n'y avait pas assez de cuivre dans tout le territoire de Draad pour faire un bon alambic. Et ceux qui travaillaient le fer n'étaient pas assez habiles pour façonner des tuyaux de fer utilisables.

Tout cela était vrai. Mais les tiges de threebo étaient creuses, et le bois solide, dur et étanche. Si on scellait les joints avec de la résine et des feuilles, on pourrait avoir exactement ce qu'il fallait pour un alambic. Ce serait un appareil bizarre, certes, avec tous les tubes en zigzag au lieu d'être en serpentin. Mais ça pourrait marcher.

Et si on pouvait rendre l'eau dormeuse encore plus forte qu'il n'était nécessaire pour anesthésier? Alors on aurait une arme pratique. Si on en pulvérisait une bonne dose sur un homme, il tomberait raide.

Un homme... ou un stolof! Un homme pourrait être assez leste pour échapper au jet. Mais un stolof? Ces monstres étaient redoutables, certes, mais pas très rapides sur leurs huit pattes. Attaqués par des hommes courageux et déterminés, pulvérisant de l'eau dormeuse puissante, que leur arriverait-il? Ils s'écrouleraient peut-être. Ils seraient certainement bien trop lents pour se battre, pour tuer, pour projeter leurs terribles rubans avec autant de précision!

CHAPITRE XVII

Draad n'avait pas de véritable capitale. Il n'y avait qu'une dizaine environ de gros bourgs sur lesquels le roi Embor régnait directement. Leurs chasseurs et leurs guerriers fournissaient sa garde, leurs récoltes et leurs animaux sa table et le roi lui-même vivait dans une enceinte aux murailles de rondins à peine plus grande que celles de ses principaux chefs de clan.

Blade était soulagé de ne pas avoir à vivre dans un vaste palais avec une horde de courtisans et de serviteurs guettant ses moindres mouvements, écoutant tout ce qu'il disait. Il voulait poursuivre son enquête le plus discrètement du monde. Chez le roi Embor, il pouvait aller et venir librement, voir ce qu'il voulait voir, demander ce qu'il voulait sans que personne ne fasse attention à lui.

Il avait beaucoup de loisirs. Il occupait un rang élevé, une position d'honneur en tant que guerrier, prince étranger et, surtout, mari de la princesse Neena. Mais il n'avait pas de devoirs spécifiques, ou tout au moins envers personne à part Neena. Elle exigeait un vigoureux accomplissement de ces devoirs-là. Néanmoins, en dépit de toutes ses exigences, elle ne pouvait accaparer chaque minute de Blade. Il put donc étudier rapidement l'art et la manière d'utiliser des threebos pour transformer l'eau dormeuse en arme de guerre. Et plus il apprenait, plus il était optimiste.

Il en vint finalement à solliciter un entretien particulier du roi Embor et du Grand Kaireen. Il demanda aussi à Neena d'assister à cette réunion. En fait, il n'aurait jamais osé ne pas l'en prier, même s'il n'avait pas autant respecté son jugement.

Tous quatre se rassemblèrent dans la chambre la plus privée du roi, fermée et enfouie dans le centre même de la vaste demeure. La pièce était obscure, uniquement éclairée par deux chandelles vacillantes, l'air sentait le renfermé, le bois, la résine et la cire.

Blade commença par une déclaration très simple et sans fioritures :

– J'ai cherché un moyen de détruire les stolofs de l'armée de Trawn. Je crois l'avoir trouvé. J'ai besoin de votre aide pour en être sûr.

Cela leur fit indiscutablement dresser l'oreille. Tous trois le regardèrent comme s'il venait d'être changé lui-même en stolof. Puis le roi Embor s'éclaircit la gorge et hocha la tête :

– Nous t'écoutons, prince Blade. Continue.

Blade obtempéra. Il passa en revue tout ce qu'il avait deviné et tout ce qu'il avait appris, sur les stolofs, l'eau dormeuse, les threebos, la distillation et tout le reste qui entrait dans son plan. Il avait fait plusieurs dessins, au charbon de bois sur du parchemin blanchi. L'un représentait l'appareil de distillation. Un autre montrait comment quatre hommes pouvaient attaquer et tuer un stolof. Deux seraient armés d'épées ou de lances, deux auraient des récipients d'eau dormeuse distillée. Embor et Neena furent particulièrement intéressés par ce second dessin.

Blade exposa tout sans qu'aucun des trois ne pose une seule question. Il ne savait pas s'ils le comprenaient parfaitement, ne le comprenaient pas du tout ou étaient trop surpris pour dire quoi que ce fût. Quand il eut fini, il se tourna vers le roi. Leurs regards s'accrochèrent et lentement, comme un homme se réveillant d'un profond sommeil, Embor dodelina de la tête :

– Tu as pensé profondément et parlé sagement, prince Blade. Est-ce que les guerriers d'Angleterre sont instruits aussi comme des Kaireens?

– Nous apprenons un peu de leur science, comme tes guerriers ici à Draad. Mais je ne prétendrais pas pour ma part au haut rang de Kaireen. Non, je ne suis qu'un homme qui a beaucoup voyagé et qui s'est souvenu des mille choses qu'il a vues au cours de ces voyages.

Le Grand Kaireen hocha la tête à son tour.

– J'espère que nous aurons une chance de découvrir si le prince Blade a raison, dit-il posément. Cela demandera beaucoup de travail. Le prince Blade en assumera une grande partie, mais beaucoup devra aussi être fait par d'autres. Par exemple, il te faudra une grande quantité de feuilles de peza, n'est-ce pas?

– En effet. J'aurai besoin de nombreux paniers pleins pour mes expériences. Et encore plus quand je ferai l'eau dormeuse forte. Et il me faudra un grand nombre d'assistants quand je commencerai à produire l'eau en quantité.

– C'est certain, dit le roi. La partie de ma maison que tu voudras est à toi pour y travailler, et l'aide de tous les hommes et femmes qui te seront nécessaires.

– S'il plaît au roi, intervint le Grand Kaireen, j'ai autre chose à proposer. Le peza pousse dans tout Draad mais il n'est vraiment abondant que dans les monts de Hoga. Apporter l'énorme provision de feuilles dont Blade aura besoin au palais royal, de la montagne, demandera beaucoup d'hommes, beaucoup de jours. Ils ne pourront pas effectuer d'autres travaux, dans les champs ou les ateliers. Les feuilles ne seront plus fraîches à leur arrivée et nous ne savons pas si elles feront une bonne eau dormeuse. De plus, si une foule d'hommes portant des paniers de feuilles de peza descendent des monts de Hoga au palais royal, on les remarquera, on se demandera ce que cela veut dire, on posera des questions. Tôt ou tard, on apprendra ce qui se passe. Ce serait dangereux.

– En effet, nous ne le voulons pas, reconnut le roi.

– Que propose le Grand Kaireen? demanda Blade.

– Il y a une maison très haut sur les monts de Hoga, une maison solide entourée d'un mur solide. Elle est utilisée par les Kaireens et d'autres quand ils désirent s'isoler du monde, pour écrire et méditer. Autour de la maison, les peza croissent, si denses que leurs feuilles tombées couvrent le sol jusqu'à la hauteur des genoux. Si l'on envoyait à cette maison plusieurs assistants, et toutes les choses que demandera Blade, ce serait un bon endroit pour qu'il y travaille. Ce qu'il fait et lui seraient loin des oreilles et des regards curieux.

– Il serait aussi dans la montagne où ceux de Trawn risquent d'effectuer des raids.

– Tu oublies les clans de montagnards, intervint Neena. Ils peuvent envoyer des guerriers et des chasseurs pour monter la garde autour de la maison. Ces gens garderont leurs yeux et leurs oreilles pour eux et leur bouche fermée. Ils sont de meilleurs serviteurs que tous ceux des clans de la plaine, père !

– Neena, je te prie de cesser de me dire ce que je dois faire, répliqua le roi avec lassitude.

Il donnait l'impression d'avoir eu trop souvent ce genre de discussion avec sa fille. Blade eut du mal à réprimer un sourire.

CHAPITRE XVIII

La maison que le Grand Kaireen donna à Blade était située très haut sur les monts de Hoga, solitaire et isolée. A quelques kilomètres à l'ouest commençait la forêt. Au-delà des arbres, Blade distinguait des sommets de roche grise et bleue et même des crêtes enneigées.

Mais c'était rare qu'il pût voir aussi loin. Deux jours sur trois, un brouillard gris ou des nuages encore plus gris l'entouraient. Alors la maison semblait être seule dans un monde vide.

Blade s'imposa un horaire harassant, pour assembler et essayer l'appareil de distillation. Cela exigea plusieurs semaines. Il avait eu théoriquement raison. Avec des tiges de threebo, de la résine et des pots de fer ou de grès, on pouvait monter un alambic assez utilisable. Mettre la théorie en pratique demanda du temps et des efforts, dont beaucoup en vain. Finalement, Blade parvint à fabriquer quelque chose qui ne fuirait pas, qui n'exploserait pas ni ne prendrait feu et il put se mettre réellement à l'ouvrage.

Il travaillait maintenant plus dur que jamais, seize à dix-huit heures par jour. A la fin de la journée il était épuisé, la tête lui tournait et il était à moitié endormi à force de respirer la vapeur d'eau dormeuse. Il ne pouvait que se traîner dans sa chambre et s'écrouler sur sa paillasse.

Il avait beaucoup maigri, ses joues étaient creuses, ses yeux perpétuellement rouges et enflammés, ses mains calleuses, noires de suie et poisseuses de résine. C'était sans doute heureux que Neena ne fût pas avec lui. Il aurait tout juste pu l'embrasser pour lui souhaiter bonne nuit !

Le Grand Kaireen avait donné à Blade quatre assistants triés sur le volet. Tous étaient jeunes et forts, aucun d'eux stupide et tous savaient fort bien obéir aux ordres sans rechigner.

Le plus jeune des quatre, nommé Kalo, se révéla un véritable génie pour tailler le bois. Il devint de plus en plus utile car les travaux de Blade exigeaient un matériel de plus en plus précis. Blade confiait parfois à Kalo des tâches presque impossibles, mais toujours le jeune homme réussissait à se montrer à la hauteur.

C'était encourageant. Le temps viendrait bientôt de fabriquer la première des armes destinées à pulvériser l'eau dormeuse distillée. Blade passait à présent des heures avec le fusain et le parchemin, pour faire des croquis de ses diverses idées. Si elles ne pouvaient être mises en pratique, tout son travail dans la montagne serait un gaspillage.

C'était une des pensées qui ramenaient toujours Blade à son atelier. Parfois il regrettait que les jours n'eussent pas plus de vingt-quatre heures.

Un matin de brume, les choses allaient si bien à l'atelier que Blade dormit plus tard et mangea un bon petit déjeuner sans se presser. Puis il sortit pour aller à la rencontre d'une caravane de porteurs qui apportaient des tiges de threebo. Les threebos poussaient aussi en haute altitude mais ils étaient plus abondants dans la plaine et le climat plus chaud faisait croître des tiges plus épaisses et plus dures. Le Grand Kaireen lui envoyait donc une fois par semaine huit porteurs chargés de bois de threebo.

Blade rencontra la caravane à huit cents mètres de l'atelier, en bas de la côte. Il vit les porteurs monter vers lui, chaque homme ployé sous un grand fagot de threebo attaché en travers des épaules. Il s'écarta pour les laisser passer; ils transpiraient malgré le froid du matin, posant les pieds avec précaution sur la terre humide. Blade regretta, une fois de plus, de ne pouvoir dire à ceux qui l'aidaient au moins une partie de ce qu'il essayait de faire. Cela les encouragerait sans doute en leur faisant comprendre que toute la sueur et les longues heures d'efforts n'étaient pas vaines. Mais le secret devait demeurer un secret pendant quelque temps encore.

Naturellement, Kalo avait probablement deviné beaucoup de ce que projetait Blade. Mais c'était celui en qui il avait le plus confiance, en dépit de sa jeunesse. Kalo saurait se taire.

Blade regarda le dernier porteur disparaître au sommet de la côte sous les arbres ruisselants. Pendant un moment il resta seul et savoura cette solitude. Il avait travaillé trop longtemps, il avait passé trop d'heures dans son laboratoire enfumé et dans l'atelier obscur presque sans air. Les forêts illimitées de Gleor dans toute leur beauté sauvage l'entouraient; il se dit qu'il avait tort de ne pas en profiter davantage.

Quand le travail sera fini, pensa-t-il. Quand il aurait trouvé sa solution pour vaincre les stolofs, alors Neena et lui remonteraient ici pour passer quelques jours à deux. Alors il serait temps de chasser, de se baigner dans les torrents (même s'ils étaient glacés), de s'aimer dans...

Un léger sifflement interrompit les réflexions de Blade. Il se retourna en dégainant son épée.

Un des chasseurs de la montagne se tenait à côté d'un grand arbre moussu, la main levée pour saluer.

– Respect, prince Blade. Un de mes frères a été mordu par un serpent. Il a besoin de la sagesse d'un Kaireen pour guérir. Nous avons appris que tu possèdes cette sagesse, en plus de tes talents de guerrier. Veux-tu me suivre et voir ce que tu peux faire pour mon frère?

Blade, naturellement, ne reconnaissait pas l'homme. Ce n'était pas surprenant. Il n'avait jamais vu qu'une poignée de ces montagnards au grand jour, et aucun pendant longtemps. Cette histoire ne lui parut pas très dangereuse et d'ailleurs il avait son épée, un couteau, un arc et des flèches. Malgré tous les gardes montagnards dans la forêt autour de lui, jamais il ne se promenait sans armes.

Il suivit le chasseur dans la forêt. Ils descendirent sur un peu plus d'un kilomètre puis ils obliquèrent au nord. Le chasseur semblait très bien savoir ce qu'il faisait et marchait vite. Plusieurs fois, le sentier plongea dans des creux emplis d'un brouillard épais comme du coton sale. Avec tous ces arbres, l'humidité et la brume, ils n'entendaient rien que le ruissellement de l'eau tombant goutte à goutte des branches et le bruit de leurs pas. Même ces sons étaient curieusement étouffés et déformés.

Ils marchèrent pendant près d'une demi-heure encore et débouchèrent soudain dans une petite clairière. Blade vit sur sa droite une vieille cabane en rondins au toit de branchages. Comme Blade tournait la tête pour la regarder, le chasseur partit soudain en courant sur la gauche et disparut dans la forêt. Quelques instants plus tard, même le bruit de ses pas précipités se tut et Blade se trouva seul.

Il fut d'abord plus surpris que furieux. Puis l'idée lui vint que les arbres entourant la clairière pourraient facilement dissimuler une embuscade d'au moins quarante hommes.

Il se jeta dans les buissons sur un côté de la cabane. Il était maintenant à couvert, d'une direction, et pouvait voir les trois autres, alors qu'il était bien caché s'il restait baissé. Ce qu'il fit promptement, attendant que quiconque pouvant rôder par là passât à l'action.

L'action vint de la cabane. Blade entendit des pas, puis un rire léger et indiscutablement féminin. Toujours accroupi, il se glissa le long de la cabane pour tenter de regarder à l'intérieur. Il venait d'en atteindre le coin quand le rideau de bambou de la porte s'écarta.

La reine Sanaya de Draad avança dans la clairière, rejeta sa tête en arrière et se remit à rire.

CHAPITRE XIX

La reine était pieds nus et vêtue d'une longue robe bleue retenue à la gorge par une agrafe d'émeraude. Son rire était bas et gazouillant mais il résonnait dans la clairière et avait quelque chose d'un peu fou.

Blade rengaina son épée et se redressa lentement. Il garda les bras et les mains bien écartés, pour éviter d'alarmer la reine ou quelque archer nerveux.

Sanaya se retourna vers lui. Son rire se tut aussi brusquement que si quelqu'un l'avait saisie à la gorge. Ses yeux s'arrondirent. Elle aurait pu paraître surprise ou même effrayée, si sa bouche ne se retroussait pas en un large sourire satisfait, presque triomphant.

– Tiens, prince Blade. Tu t'aventures dans la forêt?

– Je me suis aventuré là où je croyais que l'on avait besoin de moi, répliqua Blade en maîtrisant soigneusement sa voix.

– Tu es sentimental, on dirait.

– Les opinions sont partagées à ce sujet, ici comme dans la plupart des pays, ma reine.

Du coin de l'œil, Blade examinait la clairière, guettant une trace de blessés ou de guerriers tapis. Il ne vit rien des premiers mais il y avait six ou sept des seconds. Les guerriers de Gleor étaient de bons hommes des bois, habiles à se dissimuler. Les yeux de Blade étaient encore plus habiles à détecter des hommes cachés.

La présence de la reine Sanaya était toujours un mystère pour lui. D'après ce qu'il savait d'elle, elle aimait le confort. Elle n'irait pas marcher ainsi dans la forêt simplement pour servir d'appât dans une embuscade, pour les ennemis de Blade. C'était un mystère qu'il entendait élucider.

– Je ne vois aucun homme mordu par un serpent, reprit-il. Mais je crois voir un serpent ici dans cette clairière.

L'expression de la reine durcit.

– C'est possible.

– C'est certain. Et je crois que c'est un serpent qui a mordu beaucoup d'hommes si gravement que l'art de tous les Kaireens ne pourrait les sauver.

– Tu as de singulières idées, Blade.

– Es-tu sûre qu'elles soient plus singulières que les tiennes? Tu viens d'un lit parfumé de la maison bien chauffée du roi dans ces forêts humides et glacées. Tu m'attires par un mensonge. Tu as vraiment de singulières idées si tu t'imagines que tu pourras accomplir quelque chose de cette façon.

– Vraiment?

– Oui. Et ne tires pas de ta ceinture cette dague d'enfant pour me menacer. Cela ne te servira à rien.

– Tu pourrais avoir une surprise, Blade. Il n'y a peut-être pas de serpent ici mais il y a le pouvoir du crochet du serpent.

Blade en déduisit que la dague était empoisonnée. Cela ne l'étonnait pas du tout de la part de la reine Sanaya.

– D'ailleurs, poursuivit-elle, tu as certainement remarqué ceux qui montent la garde. Ils pourraient faire plus que la dague.

– Peut-être. Et peut-être pas.

En une fraction de seconde, il changea de position. Maintenant il était à quelques centimètres de la reine, du côté opposé au petit poignard. Il était aussi entre elle et la plupart des guerriers.

– Ni des archers ni des lanciers ne peuvent facilement me frapper sans te toucher. Si je t'empoignais, que pourraient-ils faire?

La reine haussa ses fins sourcils.

– Ils n'attaqueraient sans doute pas, certes. Ce sont de bons soldats, les meilleurs que j'ai pu trouver. Ils observeront ce que tu feras, pendant que certains courront raconter l'histoire au roi Embor et aux chefs de clan. Que penses-tu qu'ils feront, quand ils apprendront que le prince Blade a attaqué la reine de Draad pour la violer?

Blade n'avait aucun mal à imaginer ce qui se passerait dans ce cas. Il n'avait cependant aucune intention de l'avouer à la reine.

– Les choses deviendraient intéressantes, sans aucun doute.

– Tu joues bien ton jeu, Blade. Ton esprit n'est pas la plus émoussée de tes armes... Veux-tu savoir comment empêcher les choses de devenir intéressantes, comme tu dis?

– J'ai l'impression, ma reine, que tu vas me le dire ou me le montrer, que je veuille le savoir ou non.

La riposte réduisit un moment la reine au silence. Elle devait s'attendre à une réponse plus élégante. Mais pour Blade, l'élégance pouvait aller au diable. Il n'allait pas être poli avec cette garce royale, à moins que ça ne l'aide à découvrir à quel jeu elle jouait, elle.

Elle recula, en faisant signe à Blade de la suivre. Quand il fut près d'elle, elle regarda vivement à droite et à gauche, du côté des fourrés. Puis elle porta une main à sa gorge et l'agrafe d'émeraude se défit.

Lentement, comme si en tombant elle caressait la peau, la robe de Sanaya glissa de ses épaules jusqu'à la taille, où elle la retint à deux mains. Elle se dressa, les seins nus, les mamelons déjà durcis par le froid, les yeux fixés sur Blade.

Il garda un visage impassible. Il n'était pas étonné du geste de la reine, même s'il ne l'avait pas précisément vu venir. D'autres parties de son corps étaient moins impassibles. Si Sanaya avait pu les voir... Mais elle ne le pouvait pas... pas encore.

– Eh bien? dit Blade, aussi froidement qu'il le put.

Il soupçonnait la reine de s'apprêter à prononcer ces mêmes mots et c'était bien pourquoi il les avait choisis.

Sanaya resta un moment silencieuse, apparemment déroutée. Lentement, elle noua sa robe à sa taille puis ses mains remontèrent, les doigts écartés et à plat sur la peau satinée couleur de caramel, vers les seins qu'elles soulevèrent. Blade eut un instant la vision de ses propres mains faisant la même chose.

– As-tu des espoirs, Blade? demanda-t-elle d'une voix moins assurée.

Il garda toujours sa figure impassible mais cela exigeait un effort de plus en plus grand.

– Tout homme a des espoirs, ma reine.

– Je sais. Les femmes aussi. Aide-moi à réaliser les miens, prince Blade. Aide-moi...

Elle maîtrisait à peine le désir dans sa voix rauque. Après tout, que diable ! pensa Blade. Cette situation n'était pas nouvelle. Il avait survécu et même vaincu en dépit des pires traquenards de femmes aussi luxurieuses et traîtresses que celle-là.

– A tes ordres, ma reine. Je crois que nos espoirs sont bons. Passons dans la cabane et parlons-en.

Sanaya lui tourna le dos et remonta d'une main sa robe sur ses épaules. De l'autre elle écarta le rideau. Blade la suivit.

La robe de la reine ne resta pas longtemps en place après que le rideau fut tombé. Dans l'obscurité froide elle fit face à Blade et laissa retomber sa robe. Cette fois, elle ne la retint pas et l'étoffe légère forma une mare bleue scintillante autour de ses pieds. Levant ses jambes magnifiques, elle l'enjamba et s'approcha encore. A part un petit triangle de toile moins grand qu'un mouchoir, elle était nue.

Blade arrachait déjà sa tunique. Sanaya s'agenouilla pour l'aider à délacer ses bottes. Ses seins frémissaient et palpitaient à chacun de ses mouvements.

Blade se débarrassa des bottes d'un coup de pied et jeta sa tunique dans un coin. Avant qu'il puisse faire autre chose la reine lui noua les bras autour de la taille. Ses cheveux et ses lèvres le chatouillèrent, le caressèrent. Il se pencha légèrement et plongea les mains dans l'épaisse chevelure rousse. Elle fit glisser sa bouche plus bas, jusqu'à la ceinture du pantalon.

Brusquement, avec des mouvements fébriles, elle dégrafa la ceinture, elle délaça le pantalon, le tira, le fit tomber jusqu'aux genoux et arracha le pagne que Blade portait dessous. Le membre dressé la salua. Elle le salua à son tour, la bouche grande ouverte pour le prendre goulûment, pour l'envelopper de ses lèvres chaudes.

Blade réprima un râle quand la chaleur, l'humidité, les mouvements experts l'entourèrent. Dès le premier instant il comprit que Sanaya était une fellatrice sans pareille. L'instant suivant lui apprit qu'elle était résolue à opposer son art à l'endurance de Blade, à essayer de le pousser au bord du précipice et de l'y jeter si elle pouvait. Il résolut de faire appel à toutes ses forces et à toute son habileté pour se retenir jusqu'à ce que Sanaya renonce au duel et s'avoue vaincue.

Ainsi Richard Blade et la reine Sanaya de Draad livrèrent leur combat dans la cabane froide et humide des forêts de Gleor. Sanaya joua de sa bouche de toutes les façons, de bas en haut et de haut en bas, serra les lèvres et les ouvrit, darda une langue souple, souffla de petites bouffées, leva les mains pour caresser et palper ce que sa bouche ne pouvait atteindre. Au bout d'un moment, Blade fut incapable de distinguer les endroits où elle le touchait de ceux qu'elle n'effleurait pas. Tous ses sens semblaient concentrés dans son bas-ventre, tous les nerfs de son corps vibraient à l'unisson avec les lentes et exaspérantes caresses de cette bouche incandescente.

Et malgré tout, l'esprit de Blade maîtrisait le corps que Sanaya torturait avec tant d'art. Il parvenait à chasser ce que lui faisait Sanaya dans un coin de sa conscience. Il réussit à tenir, jusqu'à ce que les lèvres de Sanaya se mettent à se crisper dans une grimace plus de frustration que d'autre chose. Il tint bon, jusqu'à ce qu'il s'aperçoive que Sanaya elle-même commençait à soupirer et à onduler de côté et d'autre. Les efforts qu'elle faisait pour faire monter Blade au point d'ébullition érotique la travaillaient aussi.

Blade laissa la bouche de la reine le prendre une fois de plus, plus profondément que jamais, puis il l'empoigna de nouveau par les cheveux. Il plaqua un moment sa tête contre lui puis il la tira en arrière. Leurs regards se croisèrent. Ils ne parlèrent pas. Blade avait la gorge trop sèche et le souffle trop court. Sanaya était à peu près dans le même état.

Elle hocha la tête, enlaça de nouveau la taille de Blade et se releva. Il ôta son pantalon, Sanaya le petit triangle de toile. Dessous, un triangle parfait, roux sombre comme ses cheveux, luisait d'humidité. Elle posa les mains sur les épaules de Blade et il la saisit par les hanches pour la plaquer contre lui.

Ils restèrent ainsi collés l'un à l'autre pendant un

moment. Blade sentait que la sueur avait déjà rendu la peau de Sanaya aussi glissante que la sienne. Les pointes des seins durcies se pressaient contre son torse et elle commençait à haleter.

Elle se laissa tomber à la renverse, ses mains crispées comme des étaux sur les épaules de Blade. Il fut obligé de se pencher sur elle pour qu'elle ne le lâche pas. Elle finit par tomber sur le dos et il s'écroula sur elle. Aussitôt elle se contorsionna et se mit en position, les jambes pliées et relevées et puis elle lui glissa une main dans les cheveux et l'autre sur la nuque quant il la pénétra.

Dans cette position, elle pouvait l'absorber encore plus profondément qu'il ne s'y attendait. Une fois de plus son membre fut englouti dans une chaleur humide qui le pressait de toutes parts, envoyait des flammes jusque dans son ventre. Cette fois, il savait qu'il ne pourrait durer longtemps mais ça n'avait plus d'importance, pour Sanaya non plus. Le duel était terminé. Ce qu'ils faisaient à présent était plutôt un duo.

Il sentit que la reine avait le même sentiment. A chacun des coups de reins de Blade, elle se tordait de plus belle et se soulevait contre lui. Moins souvent, elle gémissait, la bouche molle, entrouverte. Il n'y avait guère de tendresse dans ces ébats. Mais il y avait énormément de passion, et tous deux sentaient cette passion monter, monter comme de l'eau dans un puits.

Elle déborda d'abord chez la reine. Elle poussa un cri terrible, comme si elle était empalée sur quelque chose de beaucoup plus pointu et plus mortel que la verge de Blade. Le hurlement parut assez fort pour faire crouler la vieille cabane sur les têtes du couple.

Sanaya cria encore plus fort. Ses ongles s'enfoncèrent dans le dos de Blade sous les épaules et elle agita follement les jambes en l'air. Elle lui martela des talons les hanches et les fesses et il se plaqua à son tour contre le corps affolé. Elle le serra à lui couper le souffle et il sentit une explosion de chaleur liquide en elle et autour de lui.

Vaille que vaille, Blade sortit vainqueur de l'orgasme de Sanaya et continua de donner de grands coups de reins. Il sentit venir son propre orgasme et ne se retint pas. Il se laissa emporter, soulevé comme un oiseau, il plana, il monta et il explosa en arrivant au sommet.

De nouveau un cri terrible fit trembler la cabane. Blade se laissa tomber, le nez entre les seins de Sanaya, les mains crispées sur ses hanches. Il avait envie de se fondre en elle, de se noyer, de se dissoudre dans le creuset brûlant du désir. Il se cramponna à elle comme elle se cramponnait à lui, pendant un long moment. Dans cet unique instant, il y eut presque de la tendresse.

Blade se souleva enfin sur les mains et embrassa chacun des mamelons gonflés. Puis il dévisagea Sanaya, il contempla la figure encadrée de cheveux trempés de sueur où s'emmêlaient des feuilles mortes. Les yeux de la reine étaient fermés et ses narines palpitaient; elle ouvrait la bouche comme si ses poumons avaient désespérément besoin d'air. Mais ses lèvres bougeaient, répétaient inlassablement les mêmes mots.

Blade tendit l'oreille. Au début, il n'entendit que des sons incohérents mais, petit à petit, les sons formèrent des mots qu'il put comprendre.

Sans arrêt, comme une litanie, Sanaya murmurait :

– Roi Blade, roi Blade, roi Blade, roi Blade...

Roi Blade ! Il était allé à elle par désir mais aussi dans l'espoir de découvrir quel jeu elle jouait. Le désir était satisfait. Blade ne pouvait imaginer qu'il serait capable d'en éprouver encore avant des heures, peut-être même des jours. Et maintenant il avait appris une chose qu'il avait besoin de savoir.

Ainsi, il était le « roi Blade » pour Sanaya, tiens, tiens. Ainsi, elle voulait le voir assis à côté d'elle sur le trône de Draad, et Embor et Neena éliminés, hein ?

Alors que dirait-elle et que ferait-elle quand elle s'apercevrait qu'il ne l'aiderait pas ?

CHAPITRE XX

L'après-midi était déjà bien avancé quand Blade quitta la cabane. Sanaya et lui avaient bu de la bière d'un pichet, ils avaient mangé de la viande séchée d'une sacoche de cuir. Et ils avaient trouvé la force de s'étreindre de nouveau. Quand ils eurent fini, la reine s'endormait déjà.

Blade se leva, s'habilla et regarda la clairière par une fissure entre les rondins; il surprit les mouvements des gardes entre les arbres. Il pouvait donc laisser la reine sans danger entre leurs mains et retourner à son atelier.

Blade ne dit rien et garda soigneusement les mains en vue jusqu'à ce qu'il soit hors de vue de la clairière et de la cabane. Il était un peu soulagé de pouvoir arriver aussi loin sans recevoir une lance ou une flèche dans le dos. La reine avait certainement donné des ordres pour qu'on ne lui fasse pas de mal. Mais il y avait toujours quelqu'un pour manger la consigne, ou quelqu'un de trop prompt à tirer.

La clairière bien derrière lui, Blade adopta sa vitesse de croisière, à longues foulées régulières et infatigables, avaleuses de kilomètres. Son souvenir du sentier le guida rapidement hors de la forêt où le brouillard était plus épais que jamais.

Les nuages étaient aussi bas que dans la matinée et la nuit tombait vite. Il faisait déjà presque noir quand Blade arriva sur le chemin montant à l'atelier. Quand il aperçut enfin la lueur du foyer, la nuit était complètement tombée sur la forêt et la montagne.

Trois des chasseurs montagnards étaient assis près du portail. Ils se levèrent et haussèrent leurs lances en l'apercevant puis ils le reconnurent et s'écartèrent. Quelques instants plus tard, Blade entendit des pas derrière le portail et il fut ouvert, de l'intérieur, par Kalo.

Le jeune homme embrassa Blade, dans sa joie de retrouver son maître sain et sauf, puis il referma la porte. Blade voyait que le jeune homme avait une autre cause d'excitation. Il le suivit dans l'atelier et attendit pendant que Kalo prenait un long objet enveloppé de feuilles de peza sur l'établi.

– Regarde, maître prince. J'ai vu les dessins que tu as faits, et ils m'ont donné à penser. J'ai réfléchi, jusqu'à ce que je comprenne ce qu'il nous fallait et puis je l'ai fabriqué. Regarde-le, dis-moi si mes mains ont fait ce qu'il nous faut.

Blade déplia les feuilles de peza, les jeta par terre et examina l'objet. C'était un tronçon de threebo d'un mètre quatre-vingts. Une des extrémités était fermée par la cloison naturelle entre les sections. En regardant de plus près, Blade vit qu'un petit trou avait été foré au milieu.

De l'autre bout dépassait une boule de bois à l'extrémité d'une tige qui avait tout l'air d'un poussoir.

– Tire sur la boule, maître prince, dit Kalo, et puis repousse-la.

Blade soupesa l'arme bizarre. Elle était un peu trop lourde.

– Qu'est-ce que tu as mis...

– Oh, maître prince, je ne serais pas assez fou pour employer de l'eau dormeuse. Non, il n'y a rien dedans que de l'eau pure du ruisseau.

Ainsi, Kalo avait bien deviné de quoi il s'agissait. Blade n'en fut pas autrement surpris et pensa que si ce jeune homme était assez intelligent pour fabriquer un bon pulvérisateur pour l'eau dormeuse d'après ses croquis, il serait capable de bien de grandes choses.

Blade pointa l'objet de côté, tira complètement le poussoir et le repoussa de toutes ses forces. Il n'y eut aucun bruit de fuite, Kalo avait bien travaillé. Un sifflement retentit et un mince jet d'eau, presque une vapeur, jaillit de l'autre extrémité du threebo et s'allongea à plus de huit mètres.

– Bravo, Kalo. Naturellement, nous ignorons la résistance des stolofs. Alors il nous faudra sans doute faire des pulvérisateurs plus grands et plus solides, pour qu'ils contiennent davantage. A part ça, je crois que tu as fait le plus gros du travail. Le roi Embor l'apprendra et je ne doute pas que tu seras bien récompensé.

Ainsi une journée plutôt mal commencée se terminait bien, triomphalement même, et Blade se sentit étonnamment en paix avec le monde.

Blade ne tarda pas à s'apercevoir qu'il aurait bientôt plus de tâches qu'il ne pouvait en accomplir. Il était déjà directeur de la Recherche et du Développement. Avant peu, il devrait devenir ministre de la Production de Guerre, puis directeur de l'Entraînement des Forces Armées de Sa Majesté ! Il avait souvent répété à J qu'il était un homme d'action, pas du tout doué pour l'administration. Et voilà qu'il y était plongé, sans espoir que cela s'améliore vite !

Il décida de rester pour le moment avec le peu d'hommes et de matériel qu'il avait. Dans quelques semaines, il aurait produit tout ce qui serait nécessaire à des essais sérieux et alors il pourrait faire une démonstration.

Il y avait aussi la reine Sanaya. Blade était sûr qu'il allait recevoir de nouvelles invitations à des ébats érotiques dans la forêt. Si les choses n'allaient pas plus loin, parfait. Mais tôt ou tard Sanaya aurait autre chose en tête que son plaisir.

Il y avait peu de risques qu'elle découvre ce qu'il faisait là dans l'atelier. Si les gardes de la reine s'approchaient trop, les chasseurs montagnards sauraient y remédier sans avoir à demander la permission à Blade ou à un autre. Le secret était en sécurité pour le moment, même si Blade lui-même ne l'était peut-être pas.

Il se remit donc tranquillement au travail. La semaine suivante, il fit encore plus d'heures supplémentaires. Une nouvelle invitation lui vint de la part de la reine Sanaya et il fut de nouveau conduit à la cabane dans la forêt. Ce fut encore un duel plus qu'autre chose. Cette fois, Sanaya ne parla pas de « roi Blade » et ne révéla rien d'autre. Blade ne posait d'ailleurs aucune question.

Une autre semaine, une troisième et une quatrième passèrent de la même façon. L'eau dormeuse s'accumulait dans de grands récipients et de petites gourdes. Kalo avait fabriqué douze pulvérisateurs de ses mains et apprenait maintenant aux autres assistants à les faire. Bientôt il y en aurait plus qu'assez pour des essais.

Blade commençait à être fatigué et maigrissait encore, ce qui n'avait rien de surprenant. Six jours par semaine, il travaillait dix-huit heures et le septième, il courait dans la forêt pour retrouver la reine dans la cabane. Il avait beau être plus endurant et indestructible que de raison, il n'était tout de même qu'un homme.

La cinquième semaine arriva et se passa sans invitation de Sanaya. Blade jugea que le moment était venu pour un essai et il envoya un des assistants dans la plaine pour porter ce message, en le faisant accompagner par une escorte de six montagnards. Le bruit courait que des groupes d'éclaireurs et de maraudeurs de Trawn s'aventuraient plus loin que jamais auparavant, avec des stolofs et même quelques-uns des rares meytans de monte. Il n'était guère probable qu'ils s'enhardissent jusqu'à l'atelier mais Blade préférait prendre des précautions.

Le lendemain du départ du messager, Kalo arriva en courant pour annoncer que trois guerriers de la garde royale approchaient. Blade fit sa toilette en hâte, s'habilla correctement et alla à leur rencontre.

– Prince Blade, dit leur chef, le roi Embor arrive, avec la reine et la princesse Neena ainsi que divers chefs de clan et leurs gardes.

– Je suis très honoré..., commença poliment Blade mais le chef l'interrompit d'un geste.

– Entends-nous. Ils viennent voir ce que tu as fait avec ce qu'on t'a donné, pour la grandeur de Draad. Ils veulent se rendre compte que tu as bien travaillé, sinon cela ira mal pour toi.

Bladc s'inclina mais il n'aimait ni les propos ni le ton du garde. Quelque chose n'allait pas du tout... Il était devenu suspect. Il était difficile de savoir au juste ce qui n'allait pas, cependant. Il n'avait donné à sa connaissance aucune raison de débiter des mensonges à la reine Sanaya. A moins qu'elle ne se soit livrée à quelque intrigue, cette visite royale n'avait aucun sens.

Blade jura. Il avait horreur d'être précipité dans des situations dangereuses sans même savoir de quel côté viendrait le danger. Il ne lui restait qu'une chose à faire : guetter dans toutes les directions à la fois.

CHAPITRE XXI

Le cortège royal arriva le lendemain matin, composé d'au moins cent personnes. Blade n'avait d'yeux que pour quatre d'entre elles : le roi Embor, la reine Sanaya, la princesse Neena et le Grand Kaireen.

Bien lavé, bien habillé, Blade s'avança vers Embor. Kalo marchait derrière lui, suivi par les trois autres assistants. Blade portait un flacon d'eau dormeuse et Kalo un pulvérisateur.

Le roi fit halte puis il fit signe aux guerriers des flancs de se refermer autour de Blade et des assistants. Blade eut l'impression désagréable qu'ils guettaient un geste suspect de sa part.

Le roi se comportait avec plus de dignité encore que d'habitude et se tenait si droit qu'il semblait dominer Blade. La reine Sanaya souriait mais l'expression de Neena ne laissait aucun doute sur ses sentiments. La colère, le soupçon, la peur – et la jalousie – rivalisaient pour la première place. Blade essaya d'accrocher son regard mais elle se détourna, jusqu'à ce que son père le remarque et fronce les sourcils. Lentement, Neena se tourna vers Blade et le regarda d'un air de défi. Le roi prit la parole :

– Prince Blade, tu as eu beaucoup de temps pour travailler à ce que tu nous a promis. As-tu tenu ta promesse?

Le ton du roi était presque totalement inexpressif, ce qui surprit plus Blade qu'une franche hostilité. Il se dit que ce qui se passait là, quoi que ce fût, n'allait entrer dans aucune catégorie.

– Ce sera à toi de juger, Majesté, répondit-il. J'ai bien travaillé et j'ai fait de mon mieux. Kalo que voici a très bien travaillé aussi, je souhaite que tu juges bon de le récompenser.

– Je suis venu juger ton travail, Blade. Ce que tu as fait sera essayé comme il convient, et bientôt, dit le roi sur le même ton neutre puis il éleva la voix. Holà, gardes ! En avant pour dresser le camp. Et puis commencez à ériger l'arène d'essai pour le prince Blade.

Ce qu'Embor entendait par « arène d'essai » fut bientôt évident. Une quarantaine de guerriers et de serviteurs descendirent à courte distance de la hauteur. Là ils se mirent à abattre tous les arbres dans un cercle d'environ quinze mètres de diamètre. A mesure que les arbres tombaient, ils étaient traînés au bord du cercle et entassés pour former un mur d'enceinte, haut et large.

Ce travail occupa presque toute la journée. Avant la tombée de la nuit, les hommes descendirent plus bas. Ils abattirent de nouveaux arbres et construisirent des enclos de rondins. Le roi expliqua :

– Demain les chasseurs opéreront une sortie. Ils

attraperont des animaux sauvages de toutes les espèces qu'ils pourront trouver et les mettront dans ces cages. Quand nous en aurons assez, tu entreras dans l'arène. Puis les animaux sauvages y seront lâchés, un par un, et nous verrons si tu as bien réussi ce que tu as promis.

Blade fronça les sourcils. Ainsi, il allait devoir jouer au gladiateur romain, avec son pulvérisateur et de l'eau dormeuse contre les bêtes qu'amèneraient les chasseurs. L'eau donnait de bons résultats contre des insectes et de très petits animaux, il le savait déjà. Mais un rôdeur noir ou un de ces serpents de vingt mètres de long, ce serait une autre affaire.

Ce serait certainement l'essai le plus rigoureux qu'on pouvait souhaiter. S'il échouait... eh bien, dans un cas pareil, un échec entraînerait des peines rapides et radicales. C'était probablement ce que voulait le roi, et peut-être aussi la princesse Neena. Il y avait cependant un problème.

– Majesté, crois-tu qu'il soit sage de montrer à tout le monde ce que nous avons fait, et si tôt? Les chefs de clan vont y assister, n'est-ce pas?

Embor hocha la tête et regarda autour de lui, pour voir si on pouvait l'entendre. Puis il parla rapidement, à voix basse:

– Blade, il est absolument nécessaire que ce que tu as fait soit montré à tout le monde, surtout aux chefs des clan. Crois-moi quand je te dis que c'est la seule façon.

Pour la première fois depuis son arrivée, la voix du roi n'était pas soigneusement neutre. Il parlait avec une conviction sincère d'une chose extrêmement pressante. Blade désespérait de comprendre ce qui se passait, mais il décida de jouer le jeu comme le voulait le roi.

Le mystère s'épaissit pendant les jours qu'il fallut pour attraper et ramener tous les animaux. Neena évitait ostensiblement Blade. Elle ne le regardait et ne lui parlait qu'en public. Et cela avec une remarquable froideur, sans rien évoquer de plus personnel que la pluie et le beau temps ou le déroulement de la chasse.

Quant à la reine Sanaya, elle n'eut aucune occasion de s'entretenir en privé avec Blade et ne parut pas en rechercher. Mais elle lui parlait assez librement en public, poliment et même avec grâce. Elle ne semblait avoir aucun souci, elle souriait perpétuellement, elle riait, prenait le bras du roi. Ce séjour inattendu dans les monts de Hoga paraissait être pour elle une partie de plaisir.

Blade fut distrait de ses vaines conjectures du danger qui le menaçait par l'arrivée des animaux. Il aurait à affronter plusieurs espèces d'oiseaux coureurs, des animaux ressemblant à des écureuils d'un mètre de haut, une sorte de cerf tacheté gris et noir à corne unique recourbée entre les oreilles, un serpent de quatre mètres cinquante avec des crochets venimeux longs comme un doigt d'homme et d'une rapidité alarmante. Il aurait aussi des rôdeurs noirs.

Les chasseurs en ramenèrent quatre et ce faisant ils perdirent trois hommes et deux autres qui resteraient estropiés. Blade savait que cela aussi serait retenu contre lui si son invention ne réussissait pas à tenir ses promesses.

Les rôdeurs noirs avaient la charpente trapue des chats sauvages de la Dimension Normale. Mais ils étaient grands comme de jeunes tigres, pesant cent cinquante kilos sinon plus. Leurs mouvements étaient vifs et sûrs, et leur gueule de trente centimètres de large contenait un arsenal de crocs qui auraient fait honneur à un requin. Leurs grands yeux jaunes suivaient Blade partout, sans ciller. Il les examina avec tout autant de soin. Les autres animaux ne seraient qu'un lever de rideau, même le serpent. Les rôdeurs noirs seraient le véritable essai.

Blade regrettait de ne pouvoir être aussi sûr de l'identité de ses ennemis humains.

CHAPITRE XXII

Le lendemain matin, la sonnerie des trompettes et les feulements des rôdeurs noirs se firent entendre bien avant l'aube. Blade était déjà réveillé lorsque Kalo vint l'aider à s'habiller et à s'équiper.

Il se revêtit d'une tunique et d'un pantalon de chasseur en épais cuir vert renforcés sur le ventre et la poitrine. Il se coiffa d'un casque de guerrier en cuir et se chaussa de bottes à lourde semelle, ceignit un ceinturon avec une courte épée et un poignard, auquel il accrocha trois flacons d'eau dormeuse. Puis il prit un pulvérisateur.

Blade descendit vers l'arène, suivi par Kalo, habillé comme lui et l'air tout à fait mal à l'aise. Il s'était porté volontaire pour entrer dans l'arène avec Blade et portait par conséquent les mêmes vêtements de cuir. Derrière eux marchaient les trois autres assistants avec tout le matériel dont Blade pourrait avoir besoin.

Au sommet de l'enceinte de rondins de l'arène étaient assis le roi, la reine, Neena, le Grand Kaireen et le reste des notables. Le mur était plus haut que ce que pouvait sauter un rôdeur noir. Quoi qu'il arrive à Blade ou à Kalo, ces personnalités ne seraient pas en danger.

Blade précéda ses assistants sur l'échelle extérieure. Neena croisa froidement son regard. Le roi Embor sourit. Blade remarqua qu'ils étaient armés tous les deux. Neena avait deux lances, appuyées contre son banc, et le roi un arc en bandoulière et une épée à sa ceinture.

La reine Sanaya, elle, paraissait aussi joyeuse et insouciante qu'à un pique-nique. Elle portait une longue robe rouge et des bottes de cuir blanc, avec une cape de fourrure noire sur les épaules. Un diadème d'émeraudes scintillait dans ses cheveux roux à chacun de ses mouvements et elle bavardait en riant avec ses voisins. Apparemment, la journée ne pouvait lui réserver aucune surprise désagréable.

Une autre échelle descendait vers le sol de l'arène. Les trois assistants s'assirent au sommet et commencèrent à déballer le matériel tandis que Blade et Kalo dévalaient les marches branlantes. Blade espéra qu'il n'aurait pas à remonter par là trop rapidement.

Il vérifia ses armes, sauta sur une souche et regarda de tous côtés; en face de lui, à quinze mètres, il y avait une lourde porte en rondins pour le passage des animaux. Blade fit signe à Kalo de se tenir derrière lui et se tourna vers le roi. Embor leva une main. Au sommet du mur et à l'extérieur, des trompettes sonnèrent pour signaler le commencement des essais. Le portail de rondins s'ouvrit lentement avec des grincements. Blade tenait fermement son pulvérisateur en se demandant ce qui allait apparaître. Le roi Embor avait poliment refusé de lui dire dans quel ordre les animaux sortiraient.

Un faible gloussement retentit, suivi d'un lourd battement d'ailes. Blade rit. Le premier spécimen était un mugos, une sorte de volatile plutôt idiot, assez semblable à un dindon.

Blade s'avança. En l'apercevant, l'oiseau poussa un cri affolé et voulut courir vers la grille. La trouvant fermée, il sauta sur une souche et battit frénétiquement des ailes. Blade était maintenant à sa portée. Il leva le pulvérisateur, visa la tête de l'oiseau et enfonça le poussoir.

Surpris, l'oiseau cligna des yeux quand l'eau dormeuse l'aspergea. Il ouvrit le bec pour se plaindre. Puis il vacilla, ses yeux se fermèrent et il tomba lourdement de la souche.

Blade leva les yeux vers le sommet du mur. Tout le monde était debout. Plusieurs chefs de clans montraient l'oiseau à terre, l'air stupéfait. Le roi souriait. Il paraissait ravi de voir les chefs de clan bouche bée comme des écoliers. Ils n'étaient pas au bout de leurs surprises !

Des gardes entrèrent, emportèrent le volatile et firent entrer un des écureuils géants. Cet animal était beaucoup plus intelligent et plus vif que l'oiseau. Il courut tout autour de l'arène, entre les souches, en ayant l'air de se moquer de Blade. Plusieurs doses d'eau dormeuse tombèrent près de lui mais, à chaque fois, il réussit à les éviter.

Blade appela Kalo à la rescousse. Quand le jeune homme passa devant lui, ils parvinrent à acculer l'animal contre le mur. L'écureuil voulut encore bondir mais cette fois le jet le frappa en l'air. Il atterrit brusquement, se releva, fit deux pas, tomba sur le museau et ne bougea plus.

A cela, les chefs de clan se levèrent tous, en poussant des cris. On ne leur avait pas dit ce qu'allait faire le prince Blade. Aucun sans doute ne comprenait ce qui se passait. Mais il voyaient de l'adresse et de la rapidité à l'œuvre et la plupart surprirent le regard que Blade lança à Neena. Elle faisait manifestement des efforts pour ne pas sourire. Quant à Sanaya, elle riait comme une folle.

Il y eut alors un entracte pendant lequel des serviteurs en équilibre instable au sommet du mur passèrent aux spectateurs des bols de bière et des écuelles de saucisses et de viande rôtie. Puis les gardes firent entrer dans l'arène le cerf à corne unique.

Blade comprit qu'avec cet animal l'épreuve allait être plus difficile et plus décisive. Il était bien plus grand et il faudrait par conséquent une beaucoup plus forte dose d'eau dormeuse. Dans l'espace restreint de l'arène, il ne pourrait pas galoper aussi vite que dans la forêt mais il présenterait quand même une cible peu commode à atteindre. Il était capable aussi de se défendre. Cela soulageait d'ailleurs Blade. Il n'aimait pas beaucoup s'attaquer à des oiseaux ou des animaux qui ne pouvaient rien faire sinon s'enfuir.

Quand il s'approcha, le cerf baissa la tête jusqu'à ce que la pointe de sa corne soit assez basse pour accrocher quelqu'un en se redressant. De grands yeux noirs entourés de blanc regardèrent l'assaillant.

Un sourd grondement s'éleva de la gorge de l'animal. Puis il chargea droit sur Blade.

Le premier jet d'eau dormeuse passa au-dessus de la tête du cerf et lui inonda le dos. Une plaque sombre et mouillée apparut sur son poil et ce fut tout. Avant que Kalo ne puisse tirer à son tour, le cerf fut sur eux.

Blade sauta d'un côté, Kalo de l'autre. L'animal freina des quatre sabots, tourna et suivit Kalo. Soucieux de ne pas avoir l'air d'un lâche devant le roi et tant de guerriers, le jeune homme fut un peu lent. Le cerf le rattrapa et la corne se redressa. Kalo fut soulevé dans les airs, fit un vol plané au-dessus d'une souche, retomba sur ses pieds et continua de courir. Une longue déchirure fendait le fond de son pantalon de cuir. Un chirurgien armé d'un bistouri n'aurait pas fait mieux. Au sommet du mur, les cris de surprise se changèrent en gros rires.

Blade sauta d'un seul bond par-dessus deux souches et retomba à côté de l'animal alors qu'il tournait pour poursuivre Kalo. Il brandit le lourd pulvérisateur comme une massue et frappa le cerf au garrot. Quand il se retourna pour faire front, Blade visa et appuya sur le poussoir. Le jet retomba sur le long museau noir velu.

Surpris, le cerf se cabra, retomba sur ses quatre sabots et ses naseaux palpitèrent. Ses yeux restèrent ouverts mais ils semblaient loucher. Il essaya de faire un pas vers Blade, faillit tomber à genoux et s'immobilisa en chancelant. Blade marcha vers lui, le gratta entre ses oreilles pendantes et lui flatta le dos. Le cerf trembla mais ne bougea pas.

Blade leva le bras et se tourna vers les spectateurs.

– S'il plaît au roi ! Rendons-lui la liberté. Il a joué son rôle, et courageusement.

– Certainement, répondit Embor. Ce n'est pas un de nos ennemis... encore que Kalo aurait peut-être une autre opinion.

Cela fit rire tout le monde, y compris Kalo.

Rendre la liberté au cerf était plus facile à dire qu'à faire. Blade passa derrière lui et lui assena une claque sur la croupe. Un frémissement le parcourut mais il ne bougea pas. Blade retourna vers sa tête et tenta de le traîner vers la grille. Il n'eut pas plus de succès. Kalo vint le pousser par-derrière pendant que Blade le tirait par la corne. Toujours rien. Les spectateurs étaient maintenant malades de rire et certains n'étaient pas loin de tomber du mur.

– Ils ne pourront pas dire que nous ne l'avons pas arrêté, marmonna rageusement Blade. Nous avons même trop bien réussi !

Finalement, ils durent appeler six gardes à la rescousse. Les hommes soulevèrent le cerf comme si c'était une statue, un à la tête, un à la croupe, quatre au milieu. Puis ils sortirent de l'arène avec lui, en chancelant sous le poids du fardeau. Blade ne sut jamais ce qui lui était arrivé ensuite. Il espéra qu'il n'avait pas fini dans l'écuelle des soldats.

A ce moment, Blade remarqua que la reine Sanaya avait disparu. Il allait poser une question quand le roi lui cria :

– Un instant, Blade. La reine a eu un malaise. Elle est allée s'allonger un moment à l'ombre avec son Kaireen personnel pour s'occuper d'elle.

Cette histoire parut assez fallacieuse à Blade. Mais il était évident que le roi Embor ne l'aurait pas racontée s'il n'avait pas une bonne raison de la faire croire.

– Très bien, répondit-il. Nous attendrons son retour. Que mes autres assistants descendent.

Les trois jeunes gens descendirent par l'escalier branlant. Blade et Kalo burent de l'eau, mangèrent un peu de fromage et de saucisse, remplirent leurs pulvérisateurs et s'assirent pour attendre. Blade prit une pierre à aiguiser et affûta le fil de son épée.

Une heure passa. Blade commença à se demander si Sanaya était vraiment malade et, dans ce cas ce qu'elle pouvait avoir. Il se demandait aussi si c'était une maladie réelle ou si un des ennemis de la reine y était pour quelque chose.

Mais ce qui l'intéressait surtout, c'était de savoir quel animal allait ensuite sortir dans l'arène. Ce pourrait être un autre cerf. Ou le serpent. Ou un des rôdeurs noirs. Le cerf et le serpent ne présenteraient pas de véritable danger. Mais les rôdeurs noirs...

Quelqu'un cria, en dehors de l'arène. C'était un cri aigu de surprise et de peur. Sur le mur, plusieurs personnes se retournèrent pour regarder en bas et se levèrent soudain en criant aussi. Blade vit Neena saisir une de ses lances et la lever, prête à la jeter.

A ce moment, pour la première fois, quelqu'un articula des mots :

– Les rôdeurs noirs sont lâchés !

Un instant après, la grille fut enfoncée et deux rôdeurs noirs bondirent dans l'arène. Leur gueule était grande ouverte, bavante, leurs yeux rouges luisants et terrifiants.

En apercevant Blade et Kalo ils poussèrent leur terrible rugissement. Le cri de terreur de Neena leur fit écho. Puis les deux animaux sauvages foncèrent sur Blade et sur Kalo.

CHAPITRE XXIII

La lance de Neena tomba du haut du mur en sifflant. En général, elle avait un œil et un bras d'une redoutable précision mais ces créatures étaient trop rapides, même pour elle. La lance frappa une souche. Le deuxième rôdeur sauta par-dessus, la fit tomber et continua sur sa lancée.

Les deux bêtes semblaient venir sur Blade comme des boulets de canon. A peine les avait-il vu surgir de la grille qu'elles étaient déjà à sa gorge.

Mais Blade était encore plus rapide. Dans l'espoir de les dérouter, il bondit et passa entre elles. Une lourde patte velue lui effleura l'épaule. Le rôdeur le sentit et tenta de donner un coup à Blade alors qu'il était encore en l'air. Blade se baissa à temps et les griffes manquèrent sa joue d'un poil. Le félin retomba en déséquilibre et ne put à la fois bondir et se retourner. Blade pivota et lui braqua le pulvérisateur sur le museau en enfonçant le poussoir de l'autre main.

Le jet sortit dans un petit soupir pitoyable. Il ne fit absolument aucun effet. La créature poussa un cri terrible et bondit de nouveau. Blade se jeta à plat ventre et le rôdeur noir passa au-dessus de lui.

Cette fois, il eut quelques secondes de répit avant le nouveau bond de la créature. Il risqua un coup d'œil autour de lui. Les trois assistants escaladaient l'échelle aussi vite qu'ils le pouvaient. A l'instant où le dernier arrivait au sommet, elle s'écroula dans un grand craquement.

Kalo tenait bon, avec son pantalon déchiré. Blade ne lui en aurait pas voulu s'il avait pris la tête des fuyards. Mais une fois de plus le jeune homme était résolu à faire preuve d'un courage de guerrier. Blade ne savait trop si c'était raisonnable ou non, mais à présent il était trop tard pour faire autre chose.

Un cri hideux s'éleva à l'extérieur de l'arène et Neena jeta son autre lance. Blade la vit sauter sur place en brandissant furieusement les poings, de dépit. Les cris continuèrent, à demi couverts par les grondements affreux d'un rôdeur noir.

– Kalo ! hurla Blade. N'essaye pas de les asperger ! Ils sont drogués ou enragés !

Leur férocité était légendaire mais jamais Blade n'avait entendu parler de rôdeurs noirs se comportant de cette façon. C'était anormal et parfaitement horrible. Il se demanda si la folie de ces bêtes avait un rapport avec la prétendue maladie de la reine Sanaya.

Et puis il oublia la reine, Neena, Kalo, le pauvre diable hurlant de douleur à l'extérieur, il oublia tout sauf les cent cinquante kilos de mort velue qui se ruaient sur lui.

Il tint le pulvérisateur en diagonale devant lui, à bout de bras. L'arme frappa la bête en pleine poitrine, en plein saut. Le bois résista mais le choc fut assez violent pour projeter Blade à la renverse, et la créature tomba sur lui.

Il eut besoin de toute sa présence d'esprit et de tous ses muscles. D'un geste vif, il enfonça le threebo dans la gueule bavante qui s'ouvrait au-dessus de lui. Les mâchoires se refermèrent comme une presse hydraulique. C'en était trop, même pour du threebo, et le pulvérisateur se cassa. Toute l'eau dormeuse se déversa dans la gueule du rôdeur. Alors que Blade s'efforçait de dégainer son épée, pour l'enfoncer dans la gorge de la créature, elle poussa un soupir et s'affala, inerte. Ses yeux se fermèrent et Blade put se dégager.

Tandis qu'il se relevait en chancelant, Kalo poussa un hurlement déchirant. Blade pivota et vit le jeune tomber sous l'autre rôdeur noir. Kalo poussa un nouveau cri quand les griffes s'enfoncèrent dans son épaule et dans sa poitrine. Par miracle, il put serrer les mains autour du cou de la bête et repousser la tête de sa propre gorge. Les crocs claquèrent à quelques centimètres de son nez. Le rôdeur noir gronda de rage.

L'épée au poing, Blade sauta sur une souche et de là sur le dos de la créature. Ses cent kilos lourdement bottés l'aplatirent sur Kalo qui resta un instant assommé. Puis Blade frappa. La lame aiguisée s'enfonça dans le pelage noir, la peau et la chair. Le rôdeur noir hurla de douleur, fut secoué par un spasme qui fit tomber Blade, et mourut.

Blade se releva d'un bond et dégagea Kalo du poids mort de la bête. Heureusement, le jeune homme avait perdu connaissance. Ses épaules et sa poitrine étaient lacérées, une masse sanglante de chair et de cuir en lambeaux. Mais il respirait encore et aucun sang perlant à ses lèvres ne révélait de blessures internes. Avec de la chance et l'art des Kaireens, il s'en tirerait.

Quand Blade se redressa, il entendit crier son nom. Neena se précipita vers lui, en larmes. Elle se jeta à son cou et l'embrassa goulûment, lui caressa la tête, les joues et il l'enlaça pour la serrer contre lui.

Puis le roi Embor arriva et toussota discrètement. Lentement ils se séparèrent et se tournèrent vers lui sans se lâcher.

Le cœur de Blade battait encore à se rompre, il haletait et sa sueur coulait à flots, mais il avait repris tous ses esprits.

– Neena... Majesté... *Nom d'un stolof, qu'est-ce qui se passe par ici?*

Neena répondit avant que le roi ne puisse ouvrir la bouche.

– Blade, j'ai été terriblement injuste envers toi. J'ai été jalouse de toi et de la reine Sanaya et pourtant je vois maintenant que...

Son père toussota de nouveau.

– Blade, il vaut mieux que ce soit moi qui parle. Si ma fille jalouse, folle et amoureuse qui est ta femme essaye d'expliquer, le soleil se couchera avant que tu ne comprennes. Je ne pense pas que tu veuilles attendre si longtemps.

– Certes non ! Si je comprends bien, la reine Sanaya a quelque chose à faire dans tout ça?

– Précisément. Il y a quelques semaines, des chasseurs montagnards ont trouvé un des gardes de la reine dans un endroit où il n'aurait pas dû être. Suivant la coutume, ils l'auraient tué sur-le-champ. Mais ils ont jugé plus sage de me l'envoyer. On me l'a amené et quand il n'a pas voulu expliquer ce qu'il avait fait, il a été torturé. Alors il a raconté que tu avais violé la reine Sanaya et que tu avais eu une longue aventure avec elle dans une cabane de la forêt.

– En effet elle m'a... disons attiré dans cette cabane. Elle m'a menacé de raconter cette histoire si je lui résistais.

Le roi Embor rit amèrement.

– C'est ce que j'ai pensé et ce que Neena aurait dû comprendre. Si Sanaya elle-même était venue me raconter cette histoire, je lui aurais ri au nez. Je ne la connaissais pas très bien quand je l'ai prise pour femme, mais je ne suis pas encore assez vieux pour ne pas voir ce qui se passe autour de moi et en tirer des leçons. Je sais ce que l'on peut croire de ce qu'elle dit.

– Rien du tout ! lança Neena.

– Peu de chose, reconnut le roi. Mais le récit du garde était une autre affaire. Ce qu'il disait pouvait sembler vrai. Alors Neena et moi avons fait ce qui nous a paru le plus sage. Nous n'avons parlé à personne de ce que nous pensions que tu avais fait, sauf à quelques-uns de mes gardes les plus vieux et les plus fidèles. Nous avons aussi donné l'ordre de procéder immédiatement aux essais de tes travaux. Si tu avais réussi, tu serais trop précieux pour être châtié, coupable ou non. Ainsi, le secret disparaîtrait avec nous. Si tu n'avais pas tenu ta promesse, ta vie ou ta mort n'aurait pas eu d'importance pour notre peuple. Alors nous t'aurions dénoncé devant tous les chefs de Draad et ta mort aurait suivi promptement.

Blade fronça les sourcils. Il l'avait échappé belle, plus encore qu'il ne s'en était douté.

– Et maintenant?...

– Maintenant, tu nous a prouvé à tous la puissance de la nouvelle eau dormeuse. J'ai écouté les chefs en parler. La plupart ont déjà compris ce que ton invention pourrait faire aux stolofs. De plus, tu as fait preuve d'une adresse et d'un courage extraordinaires devant eux tous. Je crois bien qu'ils seraient tous prêts à se battre pour qu'il ne t'arrive rien, quoi que tu aies fait.

Blade hocha la tête. Jusque-là, tout était assez clair. Il désigna alors Kalo, allongé sur le sol et toujours inconscient. Le Grand Kaireen en personne et deux assistants le soignaient. Ils avaient déjà coupé et écarté la tunique de cuir et nettoyaient les blessures.

– Et les rôdeurs noirs, tout ce qu'ils ont fait?

– Nous ne sommes encore sûrs de rien, répondit Neena toujours très pâle. Mais Sanaya a dû apprendre, ici, aujourd'hui, que nous avions vu clair dans son jeu. Cela a été un choc pour elle, certainement, alors elle est peut-être vraiment malade. De toute façon, elle était en pleine panique.

Le Grand Kaireen les rejoignit alors et reprit le récit :

– Le Kaireen qu'elle a fait venir pour la soigner était à sa solde, un traître. Elle l'a prié de se servir de certaines drogues qu'il avait pour rendre fous les rôdeurs noirs. Ensuite certains de ses gardes devaient les lâcher. Ce qui fut fait, et le reste tu l'as vu... Majesté, ai-je ta permission de veiller moi-même au châtiment du Kaireen coupable? Il a amené sur nous tous la honte et le déshonneur et je puis t'assurer qu'il ne troublera plus la paix de Draad.

– Je ne vois aucune raison pour que tu ne le fasses pas, répondit le roi. Mais peut-être le prince Blade a-t-il son mot à dire. Il a couru un grand danger et un de ses camarades est grièvement blessé.

– Les Kaireens ont tous les droits de punir leurs propres traîtres, déclara Blade. Qu'est-il arrivé aux autres rôdeurs?

– Ils sont morts tous les deux mais aussi quatre de mes gardes, répliqua le roi. Six autres porteront toute leur vie des cicatrices.

– Et la reine?

– Elle a fui dans la forêt, dit Neena. Inutile de nous donner la peine de la chercher. Elle ne connaît rien à la forêt et elle y trouvera bien la mort sans notre aide.

– Je n'en suis pas si sûr. La terreur peut donner des ailes et de l'adresse à n'importe qui. Même si elle meurt, elle risque de vivre assez longtemps pour rejoindre ceux qui ne doivent pas apprendre ce qu'elle a vu ici aujourd'hui.

Blade regarda le roi Embor, le Grand Kaireen et Neena. Tous trois approuvèrent.

CHAPITRE XXIV

La reine Sanaya courait dans la forêt. Elle ne savait pas où elle allait et ne s'en souciait pas. Elle savait qu'elle fuyait le roi Embor, Neena et Blade. Elle fuyait la mort, parce que ces trois personnes savaient ce qu'elle avait voulu faire. Si elle ne s'enfuyait pas, elle serait tuée. Son ignorance des monts de Hoga et de la forêt ne la troublait pas. Elle ne savait pas combien de temps ses forces dureraient. Tout ce qu'elle savait, c'était qu'elles dureraient au moins jusqu'à ce qu'elle soit loin de l'arène, même si elle devait tomber morte d'un instant à l'autre.

Combien de temps Sanaya courut puis se traîna dans le crépuscule, elle n'aurait su le dire. Quand finalement elle sentit ses forces l'abandonner, il faisait presque nuit. En baissant les yeux, elle vit du sang entre ses orteils et des empreintes sanglantes sur le sol derrière elle. Elle gémit et continua de marcher.

Soudain le pied lui manqua, la terre se déroba. Elle chancela en tentant de se jeter à la renverse. Ses jambes dont tous les muscles et toutes les articulations protestaient ne lui obéirent pas. Elle se sentit tomber dans le vide, battit des bras et hurla.

Sa tête heurta une grosse racine et une douleur atroce explosa entre ses deux yeux. Pendant quelques instants elle ne vit plus rien. Dans ces ténèbres, une voix d'homme lui parvint, dure et rauque. Puis ce fut un bruit de pas et un sifflement que Sanaya n'avait jamais entendu mais qu'on lui avait bien trop souvent décrit. Elle chercha à rouler sur elle-même pour échapper au stolof.

Un coup de fouet frappa ses jambes nues, quelque chose s'y enroula. Elle fut traînée hors du trou et cette nouvelle douleur lui éclaircit singulièrement les idées. Elle se tordit le cou pour lever la tête et regarder l'homme debout au-dessus d'elle.

Il était grand et massif, avec toute l'arrogance des nobles guerriers de Trawn. Il portait une tunique renforcée par des bandes de cuivre et sur le dos, en bandoulière, un long sabre à lame courbe. Une horrible cicatrice violacée lui balafrait la joue droite, du front au menton, manquant l'œil de peu. Les yeux qu'il posait sur elle luisaient de cruauté animale et de ruse.

La panique s'empara de nouveau de Sanaya. Elle gratta le sol, gémit, tenta de se relever. L'homme la laissa se mettre à genoux. Puis son poing jaillit comme la foudre et la cueillit au menton. Elle tomba sur le dos et cette fois les ténèbres furent très longues à se dissiper.

Quand Sanaya reprit connaissance, elle était couchée sur de la terre battue, sous un plafond et entre des murs de terre. Elle était entièrement nue, les pieds et les mains liés avec les fines cordes barbelées de Trawn qui lui déchiraient la peau.

Tout son corps n'était que douleurs. Elle avait l'impression d'avoir été mise en pièces et recollée à la hâte.

La reine de Draad comprit qu'elle était entre les mains d'éclaireurs ou de maraudeurs de Trawn, qui avaient franchi les monts de Hoga. Ils avaient des stolofs, ils avaient la force et l'aplomb de camper dans la forêt et d'y faire du feu. Ce ne serait pas facile de leur échapper, même si elle reprenait rapidement des forces.

Elle faillit de nouveau céder à la panique. Les guerriers de Trawn, si cruels, si impitoyables ! Elle était entre les mains des seuls, de tous les peuples de Gleor, qui la tueraient plus douloureusement que ne le ferait Neena. Et elle ne pouvait rien faire. ELLE NE POUVAIT ABSOLUMENT RIEN Y FAIRE !

– Mais si, tu peux y faire quelque chose, dit une voix derrière elle et elle sursauta en comprenant qu'elle avait dû penser tout haut.

Le noble balafré était assis par terre dans la grotte et la dévisageait. Il ne portait qu'un pagne de cuir et des bottes et n'avait qu'une courte épée. Un des longs fouets à cinq lanières de Trawn était posé en travers de ses genoux bronzés. Involontairement, Sanaya contempla ces genoux et ces jambes musclées mais elle se reprit et se détourna vivement. L'homme sourit et la reine frémit.

– Veux-tu savoir ce que tu peux faire? demanda-t-il en riant.

Ce n'était pas du tout un rire aimable ni rassurant mais plutôt une expression de triomphe odieux. Sanaya n'avait pas attendu autre chose d'un guerrier de Trawn. Ses lèvres tremblaient si fort qu'elle ne put répondre et hocha la tête.

– Tu peux commencer par me dire qui tu es, reprit le guerrier. Tu es visiblement une femme de haut rang, à Draad. Et pourtant te voilà dans un singulier état. Qui es-tu, et comment es-tu dans la forêt ?

Maintenant, Sanaya ne pouvait même plus bouger un muscle, encore moins trouver des mots cohérents. Sous sa panique, un semblant de pensée rationnelle émergea. Rien de ce que cet homme pourrait lui faire si elle se taisait ne saurait être aussi effroyable que ce qu'il ferait si elle mentait ou disait la vérité.

Le guerrier grogna et vint se pencher sur elle. Il lui prit le menton pour la forcer à relever la tête et le regarder dans les yeux. Soudain, ses doigts serrèrent si fort que les ongles sales s'enfoncèrent dans la peau et la chair. Sanaya poussa un cri. L'homme la gifla à toute volée. S'il ne l'avait pas tenue par le menton elle aurait roulé par terre.

Posément, pendant un long moment, le guerrier passa la reine à tabac à coups de poing, de pied, de gifles, la pinça sur tout le corps. Elle perdit vite la notion des coups. Ils se confondaient tous dans une torture qui semblait devoir durer éternellement.

Si elle avait voulu parler, elle en aurait été incapable à présent. Ses lèvres étaient enflées, fendues, sanglantes. Du sang coulait aussi de son nez et de sa bouche où plusieurs dents avaient été cassées. Ses yeux étaient bouffis au point qu'elle pouvait à peine les ouvrir et tout ce qu'elle voyait nageait dans un brouillard rouge. Ses seins, ses cuisses, son ventre étaient couverts de bleus, deux de ses doigts avaient été tordus et elle avait l'impression d'avoir été écorchée vive en plusieurs endroits.

Pourtant, bizarrement, elle ne se sentait pas aussi misérable qu'elle l'aurait pu croire. D'autres sensations frémissaient sous la douleur. Elle n'aurait pu mettre un nom sur ces impressions, mais elle pouvait faire une comparaison qui les rendait en quelque sorte compréhensibles. C'était les sensations qu'elle éprouvait dans les bras d'un amant, quand il la caressait, quand il l'embrassait. Elle imaginait presque Blade auprès d'elle et elle ferma les yeux pour voir si elle pourrait rendre l'image plus réelle.

Avant qu'elle y parvienne le guerrier jura. Puis il l'empoigna par les cheveux et la fit lever sans ménagements. Elle ouvrit les yeux et vit qu'il la traînait vers un grand pieu de bois planté dans le sol de la grotte.

Il attacha solidement ses pieds au pieu et lui étira les bras au-dessus de la tête pour y attacher aussi les poignets. Du menton aux genoux, elle était collée contre le bois rugueux, incapable de se tordre et pouvant à peine respirer. Elle devait se hausser sur la pointe des pieds pour éviter que ses épaules ne soient désarticulées et se demandait combien de temps elle pourrait tenir dans cette position. Ses jambes et ses chevilles s'engourdissaient déjà.

Le guerrier ramassa le fouet et le fit claquer plusieurs fois.

– Maintenant vas-tu me dire qui tu es?

Il ne paraissait pas tellement se soucier qu'elle répondît ou non. Sanaya devina qu'il serait très heureux d'avoir un prétexte pour manier son fouet. Elle sut presque immédiatement qu'elle ne se trompait pas. Un large sourire fendit la figure du guerrier et son bras se leva. Les lanières lestées de fer retombèrent sur le dos de Sanaya et le monde autour d'elle disparut, dissous dans la douleur qui explosait dans son cerveau, dans toutes les parties de son corps. Elle hurla. Le fouet retomba, cette fois en travers de ses cuisses.

Elle aurait pu mourir ou tout au moins s'évanouir à la longue, si au bout d'un moment elle n'avait éprouvé plus que de la douleur. La sensation qu'un amant éveillait ses sens revint, plus précise. Ce n'était plus seulement des mains, des lèvres, une langue caressantes qu'elle imaginait. Maintenant c'était un dard gonflé, rigide, une dure virilité qui la pénétrait profondément, qui forçait sa passion à se débrider, qui la rendait de plus en plus folle. La douleur du fouet demeurait. Mais maintenant à chaque coup il y avait une autre souffrance exquise. Ces coups devenaient les coups de reins d'un amant qui la brutalisait à défaillir de désir, qui la torturait d'une façon encore plus douloureuse que la flagellation.

Ses lèvres se mirent à remuer, à murmurer des mots sans suite; des sons incohérents qui n'avaient rien d'humain sortirent de sa gorge. Elle frotta ses seins et son bassin contre le pieu, sentant une nouvelle douleur là où les échardes l'écorchaient. Mais c'était aussi comme si la passion et la vigueur de son amant fantôme allaient croissant.

Toute la souffrance et tout le plaisir se confondirent pour brouiller sa vue et ses idées jusqu'à ce qu'elle perde toute raison. Elle eut à peine conscience de l'approche de l'orgasme et se tordit en hurlant si fort que tous les hommes de la garde, au-dehors, sautèrent sur leurs armes en s'imaginant que le camp était attaqué. Elle ne sentit même pas le guerrier qui la détachait, qui rejetait son pagne et la prenait furieusement alors qu'elle se tordait sur le sol. Elle perdit complètement connaissance avant de voir la figure de l'homme au-dessus d'elle. Cette figure était convulsée par le déferlement d'une terrible passion mais aussi par une froide satisfaction.

Le seigneur Desgo avait de quoi être satisfait. Il ne savait pas encore très bien qui ou quoi il avait entre les mains. Mais certainement cette femme devait être haut placée à Draad, pensait-il, assez pour savoir beaucoup de ce qu'il avait besoin de savoir avant que son armée ne passe à l'offensive. Tout aussi certainement, elle ne lui cacherait rien. Plus maintenant qu'il avait découvert son secret, son amour de la douleur. Tant qu'il pourrait satisfaire ce goût pervers, elle serait son esclave.

Le seigneur Desgo tira sur les rênes de son meytan et leva la main pour que ceux qui le suivaient l'imitent. Le silence tomba sur la forêt quand s'arrêta le trot de la vingtaine de montures à six jambes. Distraitement, Desgo gratta la sienne entre les deux longues oreilles au pelage doré, puis il sauta de sa selle. Derrière lui, les guerriers mirent pied à terre aussi et l'entourèrent.

– Je crois inutile de vous répéter plus d'une fois ce que nous devons faire : capturer la princesse Neena et au moins un des Kaireens de l'atelier. Tuer Blade et tous les autres êtres vivants. Brûler tout ce que nous pourrons brûler et partir avec les prisonniers. Tout le monde a son briquet?

Les guerriers hochèrent la tête en frappant la sacoche à leur ceinture. Deux autres apparurent, surgissant de l'ombre. Ils encadraient la reine Sanaya entièrement nue et grelottante, les mains liées dans le dos. Elle frémit sous les regards de tous ces hommes qui détaillaient son corps.

Desgo sourit sombrement. Sanaya ne feignait pas la honte devant les guerriers. Cela rendait son déguisement encore plus parfait. Les mains liées et la nudité lui donnaient l'apparence d'une prisonnière, mais au fond du cœur et de l'âme, Sanaya n'était plus captive.

Elle était maintenant l'alliée de Desgo. Ou plutôt elle se prenait pour son alliée. Guidé par elle, il allait le soir même détruire les armes secrètes de Draad, occire le prince Blade et entamer sa vengeance contre la princesse Neena. Puis, dans quelques jours, il ferait avancer l'armée de Trawn déjà massée. Elle envahirait Draad, elle tuerait tous les guerriers qui résisteraient mais aussi peu d'habitants que possible.

Le seigneur Desgo n'éprouvait aucune tendresse pour les femmes et les enfants de Draad. Il souhaitait simplement, par un froid calcul, qu'ils lui soient reconnaissants, à lui et à la reine Sanaya, de les avoir épargnés. Il régnerait bientôt sur eux, avec elle à ses côtés. Après une telle victoire, le roi Furzun ne pourrait certainement pas nommer un autre vice-roi des territoires conquis.

Et ensuite? Les visions de ce qui pourrait arriver étaient encore plus séduisantes. Avec la reine Sanaya pour le conseiller, il trouverait bien le moyen de s'attirer et de conserver la loyauté du peuple de Draad. Les mines d'émeraudes lui apporteraient des richesses, pour récompenser tous les guerriers de Draad ou de Trawn qui se rangeraient sous sa bannière, des richesses aussi pour récompenser les nobles et les marchands de Trawnom-Driba qui lui avaient promis leur allégeance.

Il ferait de ses guerriers et de ses alliés une armée, qu'il lancerait finalement contre le roi Furzun. Furzun mourrait dans sa propre prison et le roi Desgo régnerait sur Trawn, sur Draad et sur toutes les terres et les forêts de Gleor ! Ce serait grandiose.

CHAPITRE XXV

Blade se réveilla dans l'obscurité, le corps tiède de Neena blotti contre lui. Mais ce n'était pas ce qui l'avait éveillé. Quelque chose avait pénétré son sommeil et l'en avait arraché. Il s'assit et tendit l'oreille. Tout était absolument silencieux. Pourtant il avait entendu quelque chose, il en était sûr. Il avait tout l'instinct d'un animal sauvage pour guetter le danger ou l'insolite, un instinct qui ne l'avait jamais trompé.

Puis un son monta dans la nuit, faible et lointain, étouffé par la distance et les arbres. C'était un son qui n'aurait pas dû se faire entendre à des kilomètres à la ronde : le sifflement d'un stolof.

Blade bondit sur ses armes et ses vêtements. Le bruit qu'il fit réveilla Neena. Elle se redressa, serrant les couvertures sur son corps nu en frissonnant, et cligna des yeux. Elle n'avait pas le don de Blade d'être immédiatement et totalement lucide en ouvrant les yeux. Il allait la secouer quand le sifflement reprit, tout aussi reconnaissable et plus rapproché.

Neena sauta du lit comme si elle avait reçu une

décharge électrique et s'habilla à la hâte. Blade acheva de ceindre son épée et courut dans la pièce où dormaient les trois assistants. Il les réveilla rapidement.

– Des maraudeurs de Trawn arrivent. Armez-vous mais restez ici et gardez notre camarade.

Il désigna la pièce où Kalo dormait d'un sommeil fiévreux et agité.

– Ne sortez pas à moins que je ne vous appelle ou que vous y soyez obligés. Quoi que vous fassiez, ne vous laissez pas capturer vivants.

Blade était certain qu'ils feraient de leur mieux. Il retourna dans la chambre où Neena était maintenant habillée et armée et passa sans s'arrêter. Il voulait sortir au plus tôt dans la cour où il aurait de la place pour se battre et verrait mieux ce qui se passait. Il voulait aussi faire transmettre le signal d'alarme le long de la colonne de soldats que le roi avait postés entre l'atelier et le camp des tueurs de stolofs entraînés, installé pour plus de prudence trois kilomètres plus loin.

Alors que Blade soulevait la barre de la porte, un cri affolé retentit au dehors :

– Des maraudeurs ! Des maraudeurs ! Ils ont des sto...

La phrase se termina dans un hurlement de terreur et de douleur. Un instant de silence, puis un chœur de sifflements annonçant un véritable troupeau de stolofs suivit, un cri de guerre humain, des coups de sifflet à stolof et le martèlement de dizaines de sabots.

– Ils ont dû venir sur des meytans, pour arriver

aussi vite ! s'écria Neena. Les dieux seuls savent ce qu'ils apportent avec eux !

– Les dieux ne nous le diront pas à temps, riposta Blade et il ouvrit la porte si violemment qu'elle faillit être arrachée à ses gonds.

Il saisit d'une main un pulvérisateur chargé et de l'autre un sac de récipients en terre cuite à lancer. Derrière lui, Neena prit deux lances et son threebo, les fourra sous un bras et s'arma aussi d'un pulvérisateur. Tous deux se précipitèrent par la porte ouverte dans la cour.

Au même instant, une autre sentinelle mourut au-delà de la palissade en poussant un horrible cri gargouillant. Les stolofs sifflèrent de plus belle, et des meytans s'ébrouèrent en grondant. Quelque chose de lourd s'écrasa contre le portail. Blade vit les rondins frémir et des bouts d'écorce tomber sur le sol.

Il entendit aussi de nouveaux cris :

– Les maraudeurs, les maraudeurs de Trawn ! Venez, venez, venez !

Les chefs des clans et les guerriers postés remplissaient leur devoir en passant la consigne tout au long de la colonne jusqu'au camp. Dès qu'elle parviendrait au roi Embor il se mettrait en route avec assez de tueurs de stolofs bien entraînés pour repousser les assaillants. Mais combien de temps mettraient-ils?

De nouveau, le portail frémit. Cette fois, une des traverses se fendit avec un craquement sec. L'enceinte était destinée à interdire l'entrée aux voleurs et aux animaux sauvages de la forêt, pas à des stolofs d'une demi-tonne, à des meytans lancés au galop de charge ou à des béliers vigoureusement maniés par les guerriers de Trawn.

Crac ! Un troisième coup et cette fois un des rondins verticaux céda et pencha vers l'intérieur. Par la brèche, Blade vit une masse confuse de silhouettes de cauchemar, des stolofs, des meytans aux longues oreilles pendantes, des casques de guerriers. La brise nocturne apporta à ses narines l'affreuse odeur des stolofs, si forte qu'il toussa pour en dégager ses poumons.

Il entendit le *flac* d'une flèche s'enfonçant dans de la chair et une des têtes de guerriers se tourna, sursauta et plongea hors de vue. Un instant plus tard, un stolof siffla follement et ses mandibules claquèrent sur un corps humain.

Blade jura. Des montagnards mouraient là-dehors, peut-être inutilement et dans ce cas il était responsable. Il ne les avait pas armés de pulvérisateurs, volontairement pour qu'ils ne soient pas tentés d'attaquer les maraudeurs au lieu de donner simplement l'alerte. Il aurait dû se rappeler leur haine pour ceux de Trawn, leur ardeur au combat quelles que soient leurs armes. Il avait commis une faute.

Il y avait de fortes chances pour qu'il ait à payer lui-même cette faute, et Neena aussi. L'alarme allait certainement amener des guerriers par dizaines au sommet de la montagne dans quelques minutes. Ce serait assez tôt pour sauver l'atelier. Mais Neena et lui, c'était une autre affaire. Draad aurait sa victoire, Blade en était sûr. Rien n'assurait que Neena et lui seraient encore là pour la voir.

Du moins auraient-ils cette occasion qu'il avait

espérée : expérimenter l'eau dormeuse distillée sur des stolofs en chair et en os !

Quelque chose crachota et siffla au-dehors. Une lueur jaunâtre illumina le groupe confus derrière le portail et les silhouettes parurent encore plus macabres. Puis un objet traînant des étincelles vola par-dessus la palissade. Il frappa le toit de l'atelier, ricocha et roula par terre où il crépita en crachant des flammes et des étincelles dans des bouffées de lourde fumée noire nauséabonde.

Blade jura encore et frappa l'épaule de Neena.

– Cours aux assistants. Dis-leur de préparer des seaux d'eau mais aussi de ne pas sortir. Ces bougres essayent de nous incendier.

Neena lâcha ses armes, fit demi-tour et s'élança dans l'atelier. Au moment où elle disparaissait, trois flèches sifflèrent du haut de la palissade et s'enfoncèrent au-dessus de la porte. Blade leva les yeux. Trois guerriers ennemis avaient escaladé le rempart à l'extérieur et le chevauchaient, en équilibre précaire. Ils ajustaient déjà de nouvelles flèches à leurs arcs.

Blade ramassa une des lances de Neena et la jeta. Elle alla se planter en plein dans la bouche d'un des assaillants, jusque dans son cerveau, en faisant jaillir une gerbe de sang et de dents cassées. L'homme leva les bras et tomba à le renverse sans un cri. Un deuxième guerrier sursauta, perdit l'équilibre et poussa un hurlement. Il tomba la tête la première dans la cour et se rompit le cou. Le troisième lâcha sa flèche mais elle alla se ficher en terre loin de Blade.

Avant que le guerrier ne puisse prendre une autre flèche, des sifflets à stolof retentirent au-dehors, ainsi que des sifflements encore plus forts et plus féroces. Ils se ruèrent contre le portail et deux autres rondins tombèrent, l'un d'eux fendu au milieu. Une lance vola par la brèche agrandie et Blade dut faire un saut de carpe pour l'éviter.

Puis, dans un formidable fracas de bois brisé, le portail s'abattit complètement, ouvrant la voie dans l'enclos. Pendant un moment, l'ouverture fut totalement bloquée par la masse de stolofs, de meytans et de guerriers qui voulaient tous entrer en même temps. Blade en profita bien. Toute sa force prodigieuse et ses réflexes instantanés n'eurent plus qu'un but, tuer. Pendant un moment, il ne fut plus qu'une machine à tuer.

Il projeta la seconde lance contre le dernier archer de la palissade et l'atteignit au moment où l'homme décochait une flèche. Elle alla se perdre dans la nuit et l'archer partit à la renverse, la lance plantée dans le ventre. Avant même qu'il ne touche le sol, Blade pivota, prit un récipient d'eau dormeuse et le lança dans la masse coincée au portail.

Il visait la tête du premier stolof et le pot de terre vola tout droit pour aller s'écraser juste entre les trois yeux de la créature. De l'eau dormeuse ruissela dans ses naseaux. Il siffla frénétiquement puis se tut. Lentement, il pencha sur la gauche, ses autres pattes fléchirent et il se coucha. Il n'était pas mort car ses mandibules claquaient encore faiblement, mais c'était un poids mort, barrant l'entrée aux assaillants.

Blade se jeta à plat ventre quand deux flèches sifflèrent puis il se releva d'un bond, le pulvérisateur dans les deux mains. La portée était longue mais il n'avait pas besoin de viser avec précision. Il balaya l'entrée comme s'il était armé d'une mitraillette, en arrosant tout jusqu'à ce que son arme soit vide. Un autre stolof s'immobilisa en soufflant d'un air surpris. Il ne s'écroula pas, mais ni les coups de sifflets ni les cris des guerriers ne purent le faire bouger d'une ligne.

Un soldat perdit patience et escalada le stolof à terre, l'épée au poing et une lance levée dans l'autre main. Comme il redressait et avançait la tête, Blade envoya un jet d'eau dormeuse dans sa bouche avec le pulvérisateur de Neena qu'il avait ramassé. Les armes du guerrier lui échappèrent. Il s'abattit, le nez sur le dos du stolof, et roula sur le sol.

Un autre guerrier bondit sur la créature en brandissant une torche. Il la lança droit dans une fenêtre de l'atelier. Blade hurla pour réclamer des seaux d'eau. Des cris lui répondirent de l'intérieur.

Neena sortit en courant. Elle était armée d'un arc, une flèche déjà montée. Elle visa, tira et le guerrier qui avait lancé la torche glapit quand la flèche se planta dans son œil gauche. Il ne tomba pas mais sauta et s'enfuit en courant, en continuant de hurler.

Les cris de cet homme semblèrent paralyser tous ses camarades et leurs animaux. Pendant un moment rien ne bougea, pas une arme ne fut levée dans la foule encombrant le portail. Blade et Neena purent regarder dehors; ils virent le seigneur Desgo arriver, enfourchant un meytan et tenant devant lui la reine Sanaya entièrement nue.

Neena poussa des cris de folle et prit fébrilement une flèche. Comme pour répondre à son cri, un vacarme explosa dans la forêt, des hurlements, des cris de guerre, un martèlement de pieds, des craquements de branchages. Les tueurs de stolofs arrivaient à la rescousse.

Neena tira, le claquement vibrant de la corde de l'arc perdu dans le tintamarre. Sa flèche vola droit sur le seigneur Desgo mais les réflexes du noble guerrier étaient encore plus rapides. Il se baissa derrière Sanaya. La flèche la frappa juste au-dessous du sein gauche. Elle glapit, tenta d'arracher le dard et hurla quand Desgo la jeta à bas du meytan et piqua des deux.

Neena passa son arc en bandoulière et Blade et elle s'élancèrent. Ils sautèrent sur le dos du stolof abattu, face à deux guerriers. Neena leva son threebo et frappa violemment le premier à l'épaule droite; le bras armé de l'épée retomba, inerte. Le threebo décrivit un arc mortel et la tête de l'homme tressauta, la tempe et la mâchoire enfoncées.

L'assaillant de Blade tenta de fuir. Blade lui planta son épée dans la nuque et la pointe ressortit de l'autre côté en transperçant le larynx. Il retira sa lame d'un coup sec et laissa l'homme s'affaisser.

A ce moment, les tueurs de stolofs surgirent de la forêt et chargèrent le long de la palissade. Plusieurs jetèrent leurs pulvérisateurs et décrochèrent de leur ceinturon des massues et des haches, en voyant le peu de stolofs qu'il y avait à tuer. Une équipe de quatre fit face à un stolof en parfaite santé et à son maître et Blade poussa des cris de joie en les voyant mettre à profit leur entraînement.

Le premier contourna la bête en courant pour attaquer le maître du stolof, hache à tête de pierre contre épée. Deux autres se tinrent prêts à s'occuper du stolof et le dernier leva son pulvérisateur. Alors qu'il visait, le stolof lança un ruban. Le ruban tomba sur l'épaule et le bras de l'homme mais il tint bon. D'un mouvement prompt, il enfonça le poussoir à fond et l'eau dormeuse jaillit en pleins naseaux de la créature. Le maître du stolof s'époumona sur son sifflet pour essayer de faire cabrer la bête afin qu'elle tire le soldat. Le stolof refusa d'obéir. Il resta debout, frissonnant et sifflant tout bas. L'homme au pulvérisateur lança un nouveau jet. Au même instant le maître du stolof enfonça son épée dans le ventre de son adversaire et mourut tandis que la hache de l'autre lui fendait le crâne. Les deux derniers guerriers de Draad intervinrent alors et plongèrent une hache et une lance dans les yeux du stolof. Il siffla une dernière fois, soupira, cracha de la mousse et une vapeur jaunâtres, s'écroula et ne bougea plus. Blade poussa un nouveau cri.

A présent, tous les hommes et toutes les bêtes du groupe d'assaut étaient morts, prisonniers ou en fuite. Blade aperçut le seigneur Desgo qui galopait vers la sécurité de la forêt, tout seul. Neena le vit aussi et banda son arc. La portée était longue, la cible mouvante et l'obscurité gênante, mais l'œil de

Neena était aussi précis que son bras. Blade vit le seigneur Desgo sauter en l'air, quittant presque la selle, et porter les deux mains à ses fesses où la flèche de Neena se dressait comme s'il lui avait soudain poussé une queue. Blade éclata de rire alors que Desgo disparaissait dans la nuit. Puis il serra Neena dans ses bras et elle fut prise de fou rire aussi.

Ils se tordaient encore quand ils s'aperçurent que le fracas de la bataille se calmait autour d'eux. Blade dit à Neena d'aller chercher son père et lui-même retourna dans l'atelier.

A l'intérieur, tout allait étonnamment bien. Deux maraudeurs avaient tenté d'escalader la palissade par-derrière, pour créer une diversion. Le premier était tombé et s'était assommé. Un des assistants avait pris l'autre en embuscade, entre deux bâtiments et lui avait tapé sur la tête avec un seau. Les deux hommes étaient encore en vie et Blade donna des ordres pour qu'ils le restent. Un petit interrogatoire ne ferait de mal à personne, sauf peut-être aux deux prisonniers. La torche avait causé quelques dégâts dans les locaux d'habitation, mais pas ailleurs. Blade alla brièvement examiner Kalo, qui avait dormi comme un bienheureux pendant toute la bataille, et retourna dehors.

Neena avait retrouvé son père. Ils se tenaient auprès d'un corps déchiqueté gisant sur le sol. La reine Sanaya n'était pas belle à voir. La flèche lui avait perforé un poumon et elle s'était fait de multiples fractures en étant jetée de la monture de Desgo. Ensuite des meytans, des stolofs, des soldats des deux camps l'avaient piétinée. Elle était couverte de terre et de sang et il ne lui restait plus qu'un souffle de vie. Elle comprit qu'on se penchait sur elle, tourna la tête et voulut parler mais seules quelques petites bulles de sang sortirent de sa bouche. Le roi Embor soupira.

– Qu'on la transporte en lieu sûr pour que les Kaireens la soignent de leur mieux.

– Ça ne servira à rien, père, protesta Neena.

– Je sais, ma fille. Mais elle a été ma femme et ma reine.

Il se détourna et appela ses gardes.

La reine Sanaya mourut juste avant l'aube et, peu après, le dernier prisonnier aussi. Neena s'était chargée de l'interrogatoire et elle n'avait pas été tendre. Elle avait cependant appris bien des choses utiles.

– Desgo et les autres étaient venus en éclaireurs de l'armée qui sera bientôt sur nous, dit-elle. Le dernier prisonnier le savait, il a dit qu'elle n'était qu'à quatre jours de marche des monts de Hoga, avec l'ordre d'y rester jusqu'au retour du seigneur Desgo.

– Quelle est sa force? demanda Embor.

– Tous les prisonniers ont parlé d'au moins vingt mille guerriers et un millier de stolofs. Aucun ne savait grand-chose et celui qui semblait le mieux renseigné est mort le premier.

– Tu aurais peut-être dû y aller moins durement avec lui, dit Blade.

Neena secoua la tête d'un geste méprisant, à l'idée « d'y aller moins durement » avec des gens de Trawn.

– Quoi qu'il en soit, reprit-elle, nous aurons notre guerre avec Trawn plus tôt que nous ne le pensions. Dans quelques semaines sans doute, certainement avant deux mois. Le seigneur Desgo est déshonoré et malheureusement il n'est pas mort. Il va vouloir se venger de cette flèche que je lui ai plantée dans l'arrière-train, et sans tarder. Il va venir nous attaquer. Le mieux que nous ayons à faire est de rassembler nos forces en l'attendant.

CHAPITRE XXVI

Les guerriers du roi Embor parcoururent la forêt autour de l'atelier pendant trois jours. A la fin du troisième, ils s'étaient assurés que tous les maraudeurs avaient été tués ou s'étaient enfuis au-delà des monts de Hoga. C'était maintenant à Desgo de jouer.

Blade savait que le déclenchement de l'offensive de Trawn allait sans doute dépendre d'une question aussi triviale que l'état des fesses du seigneur Desgo. Insisterait-il pour attendre de pouvoir de nouveau conduire ses hommes à la bataille confortablement assis en selle d'un meytan? Ou accepterait-il d'être porté, assis sur les coussins d'une litière ou peut-être même à plat ventre? La question était amusante mais aussi parfaitement vaine.

Ce qui n'était pas vain du tout, c'était le rassemblement de tous les guerriers que Draad pourrait recruter pour les soumettre à un entraînement intensif. Blade commença de nouveau à travailler dix-huit heures par jour, en faisant exécuter aux soldats manœuvre sur manœuvre. Il ne craignait pas d'exagérer. Le seigneur Desgo allait sûrement frapper avant qu'un seul guerrier n'ait le temps de s'impatienter ou de protester contre l'entraînement. Desgo allait aussi frapper avec une supériorité numérique de deux contre un et très certainement ses troupes n'étaient pas formées de bleus. Dans une armée de vingt mille hommes appartenant tous à un peuple qui adorait la violence sinon la guerre, il y en aurait beaucoup qui connaissaient leur affaire. Draad ne pouvait espérer survivre que si ses soldats tiraient profit du moindre avantage et de tout l'entraînement qu'on leur faisait subir.

Un peu moins d'un mois après le raid, des éclaireurs vinrent rapporter que l'armée de Desgo était en marche. D'après les premiers renseignements, elle se dirigeait vers le nord. Le roi Embor fut tout de suite d'avis de déplacer l'armée de Draad dans la même direction. Blade avait d'autres idées.

– C'est ce que Desgo attendra de nous. Par conséquent, nous ne devons pas faire ça.

– Que suggères-tu, Blade? demanda le roi.

Il avait les yeux rougis, la barbe plus grise que lorsque Blade l'avait vu pour la première fois, la voix lasse et irritée.

– Je propose que nous déplacions notre armée vers le sud, du côté de la passe de Kitos. C'est le plus large des cols et le plus proche des mines d'émeraudes. Desgo peut y faire très rapidement passer toute son armée. Ailleurs, il lui faudrait emprunter deux ou trois cols, ou alors faire filtrer ses troupes très lentement. Les deux solutions seraient dangereuses pour lui parce que nous pourrions l'attaquer avant qu'il n'ait le temps de rassembler toutes ses brigades.

L'index de Blade se posa sur la carte de parchemin étalée sur la table.

– De plus, de ce côté-ci de la passe de Kitos, il y a un terrain dégagé large de presque une journée de marche. L'armée de Desgo aurait toute la place voulue pour y manœuvrer et livrer sa bataille en masse. Partout ailleurs à Draad, il risquerait de combattre avec une armée divisée et ignorant le terrain, contre un ennemi qui connaît parfaitement le pays. Desgo considérera ce terrain dégagé comme le meilleur pour passer à l'offensive et tôt ou tard il y viendra. Pourquoi pas par la route la plus directe?

– Je suis d'accord, déclara Neena. Desgo mérite cinquante qualificatifs désobligeants mais ce n'est pas un imbécile, et celui qui le pense en est un.

– Très bien, dit le roi. Nous allons prendre le risque. Cela nous permet indiscutablement de mieux espérer une victoire qui nous donnera de longues années de paix. Mais je vais prier les dieux de toutes mes forces, Blade, pour que le seigneur Desgo soit aussi malin que tu le crois et pas davantage !

L'armée de Trawn marcha vers le nord, surveillée par les éclaireurs de Draad. L'armée de Draad marcha vers le sud, surveillée par personne. Sur le conseil de Blade, le roi Embor faisait patrouiller dans tous les cols, si bien qu'un cancrelat n'aurait pu passer et encore moins un groupe d'éclaireurs ennemis. Ces patrouilles privaient l'armée de beaucoup de guerriers qui ne pourraient prendre part à la bataille dans le sud. Mais ils ne seraient pas gaspillés car ils donnaient à Draad l'avantage de la surprise.

L'armée de Draad atteignit enfin la forêt, au bord du terrain découvert autour de la passe de Kitos. Un groupe d'embuscade s'en détacha et grimpa dans la montagne de part et d'autre du col. Les autres guerriers s'installèrent dans des camps dissimulés dans la forêt. Il ne leur restait plus qu'à attendre.

Le onzième jour, la nouvelle arriva : l'armée du seigneur Desgo avait bifurqué et approchait de l'extrémité ouest de la passe de Kitos. Le treizième jour, elle pénétra dans le col. Au soir du quinzième, elle campait dans la plaine à l'est du défilé.

Le lendemain matin, Desgo forma son armée sur un front de quinze cents mètres de large mais de quelques rangs à peine de profondeur. Cette formation avait donné d'assez bons résultats dans le passé contre des adversaires sans défense contre les stolofs. Cette fois, elle risquait de ne pas marcher aussi bien.

– Le seigneur Desgo doit bien s'en douter, dit Blade. Mais il n'a pas eu le temps d'entraîner ses hommes à de nouvelles tactiques, alors il ne va pas les mettre à l'épreuve. S'il le faisait, ce serait le désordre dans les rangs et sa situation serait encore pire. Il essayera ce qui a marché dans le passé en comptant sur la faveur des dieux et le courage de ses guerriers.

Il n'ajouta pas que Draad avait besoin des mêmes choses exactement pour espérer une victoire. Neena le savait probablement aussi bien que lui.

La matinée était brumeuse. Blade s'en réjouit. Le brouillard n'était pas assez dense pour permettre de véritables surprises mais il serait utile pour la première de ses ruses.

L'armée de Draad sortit de la forêt en même formation large et peu profonde que l'ennemi. Pour s'étirer sur un kilomètre et demi, les soldats devaient s'espacer encore plus que ceux de Trawn. La première ruse de Blade était destinée à dissimuler ce détail.

Les guerriers aux armes normales formaient le premier rang. Derrière eux venait une deuxième ligne mince, tous les tueurs de stolofs massés. Chacun était accompagné par un assistant, femme, concubine, serviteur dévoué, parfois un fils ou même une fille. Les assistants portaient les pulvérisateurs de réserve, les lourds sacs de pots à lancer, tout ce qui risquait d'encombrer et de ralentir un tueur de stolofs. Quand le moment viendrait pour eux de charger, ils se précipiteraient sur leurs proies comme des rôdeurs noirs.

Derrière les tueurs de stolofs marchaient des civils en masse. Tous les hommes à des kilomètres à la ronde, capables de mettre un pied devant l'autre, étaient là ainsi que beaucoup de femmes et d'enfants adolescents. Il y avait des grands-pères grisonnants et des garçons apprenant à peine le maniement d'armes, des artisans de toute espèce, des travailleurs des mines d'émeraudes sous les ordres de leurs contremaîtres, des épouses, des sages-femmes, des courtisanes. Ils étaient près de dix mille, surpassant en nombre les guerriers que Blade et Embor engageaient.

Cinq cents peut-être sur ces dix mille savaient plus

ou moins se servir d'une arme. Le seigneur Desgo ne pouvait pas le savoir. Quand l'armée de Draad marcherait vers lui dans la brume matinale, elle aurait l'air deux fois plus puissante qu'elle ne l'était en réalité. Desgo perdrait tout espoir d'écraser l'ennemi par la simple force du nombre et deviendrait prudent. Quand il découvrirait qu'il avait été abusé, il serait trop tard, espérait Blade. Desgo aurait à s'occuper de bien autre chose !

Le roi Embor marchait avec les guerriers du premier rang, Blade avec les tueurs de stolofs, Neena parmi les civils de l'arrière. Elle surveillait aussi les douze meytans capturés qui allaient être poussés en avant, soigneusement dissimulés parmi les civils. Eux aussi auraient leur rôle à jouer dans la stratégie de Blade.

L'armée de Draad avançait. Sur le terrain plat, les guerriers et les tueurs de stolofs purent conserver une formation précise impressionnante. Les horse-guards de Londres à la parade n'auraient pas eu plus fière allure. Une telle précision était quelque chose de neuf, quelque chose d'inconnu à Gleor, et l'inconnu avait des chances de dérouter Desgo ou ses guerriers.

A un peu plus de quinze cents mètres en avant, l'armée de Trawn émergea lentement du brouillard, déjà rassemblée en ordre de bataille. Le roi Embor, Blade et Neena lancèrent des ordres et l'armée de Draad s'arrêta, juste hors de portée des archers ennemis. Le silence tomba sur le plateau, rien ne bougeait à part les lambeaux de brume emportés par la brise matinale.

En selle sur son meytan, en arrière de sa première ligne, le seigneur Desgo contemplait l'ennemi.

– Ils sont plus nombreux que ce que j'aurais pensé, dit un guerrier de sa maison.

– Oui. Nous n'allons pas simplement déferler et les clouer au sol, grogna Desgo et il se tourna vers une estafette : Va dire au Maître des Stolofs de faire avancer ses bêtes et ses hommes, prêts à l'offensive en masse.

Un autre officier de la garde de Desgo fronça les sourcils et s'exprima hardiment :

– Seigneur, nous avons ici la plupart des stolofs de guerre de Trawn. Tu dis que l'ennemi possède une arme pour tuer ou immobiliser les stolofs. Si...

– Tu doutes de ma sagesse? interrompit sèchement Desgo, une main sur la poignée de sa dague.

L'autre secoua la tête mais son expression ne concordait pas du tout avec le geste.

– Non, seigneur. Je m'inquiète cependant de faire courir trop de risques aux stolofs.

– Nous ne courons aucun risque, déclara Desgo. J'ai vu l'armée de Blade marcher contre une demi-douzaine de stolofs. Nous ne la verrons pas marcher aussi bien contre un millier.

Le roi Embor s'approcha de Blade.

– Les stolofs avancent, annonça-t-il. Cela signifie une attaque à leur manière habituelle.

– Parfait. Le seigneur Desgo peut continuer

d'agir à sa façon habituelle aussi longtemps qu'il lui plaira... ou qu'il le pourra.

Le roi repartit vers sa position en première ligne. Il avait l'air d'un homme dont les nerfs étaient tiraillés avec des pinces rougies à blanc. Blade le comprenait assez. Une fois que les deux armées s'affronteraient, le sort de Draad serait probablement décidé en moins d'une heure. C'était pourquoi il s'était donné tant de mal pour entraîner les soldats de Draad à une vitesse record.

Avec un peu d'espoir, ils seraient plus rapides que Desgo ne pourrait le penser.

Les sifflets à stolofs retentissaient maintenant de manière incessante, dans les rangs ennemis. Ils donnaient l'impression d'une immense volière de gros oiseaux pas très doués pour le chant. Par deux, par trois, par six, ils commencèrent à apparaître entre les rangs de Trawn. Leur nombre augmenta... deux cents, trois cents, cinq cents, sept cents. Beaucoup de tueurs de stolofs commençaient à pâlir.

Et les stolofs émergeaient toujours, jusqu'à ce qu'ils soient au moins mille. Blade ne pâlit pas mais réfléchit fébrilement. Ce devait être là non seulement tous les stolofs de l'armée de Desgo, mais encore presque tous les stolofs de guerre de Trawn ! Leur destruction totale ferait de cette journée une date que Trawn n'oublierait jamais, quoi qu'il arrivât d'autre. Desgo misait tous ses stolofs pour chercher une victoire facile; il risquait de devoir donner à la fin la victoire facile à Draad.

Mais, d'abord, les tueurs de stolofs de Draad devaient faire face à un millier de monstres, les repousser ou les détruire. Cela ne serait pas facile. Blade éprouva de la compassion pour ces spécialistes dont le teint avait maintenant viré au gris sale. Aucun ne regardait encore par-dessus son épaule pour chercher une issue vers la sécurité de l'arrière. Le courage des guerriers de Draad pourrait chanceler mais Blade doutait de le voir défaillir.

Les sifflets à stolofs se turent. Il y eut des mouvements confus dans la formation ennemie quand certains guerriers changèrent de position. Puis les horribles trompettes cacophoniques de Trawn sonnèrent.

Blade glapit pour se faire entendre de tous :

– Si c'est comme ça qu'ils jouent maintenant, pouvez-vous imaginer ce que ce sera quand nous les aurons battus?

La plaisanterie n'était pas géniale mais elle trancha comme un couteau aiguisé la tension générale. Des hurlements joyeux montèrent des rangs des tueurs de stolofs, qui ne cessèrent que lorsque les trompettes braillèrent de nouveau, sonnant à présent la charge aussi bien des guerriers que des stolofs.

La ligne ennemie avança lentement, les hommes calquant leur allure sur le pas lourd des stolofs. Certains essayèrent de faire marcher leurs bêtes plus vite; aucun n'y parvint.

Trois cents mètres. Deux cents. Cent cinquante. Cent vingt. Blade et le roi Embor gardaient les yeux fixés sur l'avance ennemie. Quand ils seraient à cent mètres...

Ils y furent. Les trompettes et les tambours envoyèrent courir des signaux tout le long de la ligne de bataille de Draad. Presque d'un même mouvement, tous les archers du premier rang assujettirent des flèches, levèrent leurs arcs, visèrent et tirèrent. Deux mille flèches volèrent vers la ligne approchante, sifflant comme la bise d'hiver. Puis le sifflement fit place à des hurlements et à des cris aigus quand elles frappèrent hommes et stolofs.

Les stolofs étaient presque invulnérables aux flèches de Draad. Les guerriers beaucoup moins. Ils portaient une armure de cuir épais de la gorge à l'aine, mais il y avait bien assez de figures, de bras et de jambes exposés à cette furieuse nuée. Pas mal de flèches trouvèrent des objectifs. Des guerriers de Trawn chancelèrent, agitèrent des bras en sang, claquèrent des mains sur des cuisses transpercées, hurlèrent en essayant d'arracher des flèches de leurs yeux ou de leurs joues. Assez peu s'écroulèrent, mais beaucoup se laissèrent distancer ou s'enfuirent carrément.

La seconde vague de flèches siffla. La portée était plus courte à présent et bien plus de traits touchèrent des points vulnérables. Certaines flèches frappèrent les armures de cuir assez fort pour pénétrer, pas mortellement mais douloureusement. Blade entendit beaucoup d'autres cris, un grand nombre de jurons et des sifflements rageurs des stolofs. Leur carapace était toujours aussi résistante mais les flèches étaient tellement nombreuses qu'elles devaient fatalement faire mouche ici ou là. Plusieurs stolofs s'abattaient, des flèches dans les yeux. Beaucoup d'autres semblaient hésiter.

Mille guerriers de Trawn étaient maintenant estropiés ou tout au moins blessés. Les archers de

Draad tirèrent une troisième fois. Avant que les flèches ne retombent beaucoup d'ennemis s'abritèrent précipitamment derrière leurs stolofs. La plupart des flèches rebondirent sur les carapaces ou les lourds casques ronds, sans faire grand mal.

Blade n'en avait cure. Cachés derrière les stolofs, les guerriers ne pouvaient pas bien les guider. Les créatures étaient lentes à obéir ou à réagir si elles ne voyaient personne devant elles. Et les guerriers ne pouvaient plus se tenir entre les stolofs et leurs assaillants.

Blade se tourna vers le rang des tueurs de stolofs et leva les bras. Un millier de combattants plongèrent une main dans les sacs pour prendre des pots à lancer et levèrent la lance de l'autre. Il y avait encore des figures pâles mais la tension s'était dissipée. Ils avaient vu la charge des stolofs déjà presque arrêtée par l'innovation de l'attaque en masse des archers. Maintenant ils avaient confiance et pensaient bien écraser complètement la charge avec la nouvelle eau dormeuse du prince Blade.

La quatrième volée de flèches siffla à travers l'espace plus étroit entre les deux lignes. Quelques guerriers parmi les plus courageux tombèrent, ceux qui ne s'étaient pas abrités derrière les stolofs. Une bonne vingtaine de stolofs s'abattirent aussi. Ce fut tout. Les points vulnérables des bêtes étaient trop minuscules pour faire de bonnes cibles, même à courte portée. Mais tous les monstres qui trébuchaient, s'arrêtaient ou tombaient, jetaient le désordre dans les rangs. Au lieu de se ruer sur les guerriers de Draad en une masse compacte et irrésistible, les Trawniens avançaient dans une confusion croissante, hommes et stolofs mêlés.

Les archers se préparèrent à décocher un cinquième jet mais retinrent leur tir. Blade leva les bras encore plus haut puis il les abaissa brusquement et toute la ligne se porta en avant.

Les tueurs de stolofs se précipitèrent dans les brèches entre les archers et les autres guerriers du premier rang et débouchèrent à découvert. Les guerriers de Trawn réagirent promptement, jaillissant de derrière les stolofs, épées et lances prêtes à la bataille.

Au même instant tous les tueurs de stolofs se courbèrent sans ralentir leur course. Quelques-uns perdirent l'équilibre et roulèrent dans l'herbe en perdant des pots à lancer et des sandales. Un instant plus tard, les archers de Draad tirèrent par-dessus la tête de leurs camarades lancés au galop, droit dans la figure des soldats de Trawn. Décochées d'aussi près, les flèches percèrent cette fois les armures de cuir pour pénétrer dans le cœur et les poumons, pour sectionner des artères vitales. Des centaines de guerriers ennemis s'écroulèrent comme si l'on avait braqué sur eux un rayon de la mort et plusieurs dizaines de stolofs aussi.

Cela avait été la partie la plus risquée du plan de bataille de Blade. Si les archers avaient visé un petit peu trop bas, ils auraient pu anéantir des centaines des leurs et très peu d'ennemis. Mais Blade vit qu'ils avaient parfaitement visé. Les rangs ennemis se clairsemaient, et seuls quelques tueurs de stolofs et une vingtaine d'assistants étaient tombés. Ce fut tout ce que Blade eut le temps de voir avant que la charge des tueurs de stolofs n'atteigne la ligne ennemie.

La plupart des maîtres de stolofs étaient trop grièvement blessés ou trop surpris pour ordonner à leurs bêtes de lancer les rubans. Beaucoup jaillirent néanmoins, quand la minuscule cervelle des stolofs finit par comprendre qu'il fallait faire quelque chose contre tous ces hommes qui galopaient vers eux. La plupart de ces rubans frappèrent juste; les stolofs étaient bons tireurs, jusqu'au bout. Ceux qui tenaient une victime au bout de leur ruban se cabrèrent comme on le leur avait appris. Les tueurs de stolofs qui n'avaient pas été pris lancèrent leurs pots de terre et actionnèrent leurs pulvérisateurs. Et puis la bataille parut se dissoudre en un chaos hurlant et tourbillonnant si total que Blade lui-même ne put suivre ce qui se passait à plus de deux mètres de lui.

Il se trouva bientôt cerné par des stolofs tellement serrés les uns contre les autres qu'ils ne pouvaient cracher leurs rubans. Une minute plus tard ils s'immobilisèrent, trop pressés de toutes part pour pouvoir bouger.

Blade courut entre les grandes pattes vertes ou dorées comme dans une forêt. A des moments inattendus, il surgissait de sous un stolof, l'épée dans une main, la lance dans l'autre. A ces moments-là, des guerriers de Trawn mouraient en hurlant ou en étouffant sur leur propre sang. Blade dut bien en tuer huit ou dix sans prendre la moindre égratignure. Puis des sifflets à stolofs retentirent et les créatures se mirent à reculer. Blade passa sous la dernière, la frappa au ventre, courut devant une autre pour lui plonger sa lance dans les yeux et déboucha à découvert.

Au même instant, une nouvelle vague de soldats de Draad arriva, des lanciers et aussi des archers. Les archers se jetèrent à couvert derrière les stolofs morts qui jonchaient maintenant le champ de bataille et purent choisir leurs adversaires et les abattre sans risquer de tuer un camarade. Les lanciers se poussèrent en avant, frappant les stolofs blessés ou abrutis tout comme les guerriers ennemis mourants ou estropiés. Blade recula à travers leurs rangs et, pour la première fois depuis un long moment, il put se faire une idée plus nette de la bataille.

La principale formation de l'armée de Desgo était encore intacte et immobile, incapable de voir ou peut-être de comprendre ce qui arrivait à l'attaque des stolofs. Ce qui lui arrivait était ni plus ni moins qu'un carnage. Les deux tiers des guerriers et des stolofs étaient déjà morts ou mourants, les autres trop paralysés par la peur, la surprise ou l'eau dormeuse pour fuir ou se défendre. Leur mort n'était plus qu'une question de temps.

Ce n'était plus aussi qu'une question de temps avant que le seigneur Desgo et ses officiers ne se remettent de leur choc en voyant leurs stolofs et plusieurs milliers de leurs meilleurs guerriers massacrés sous leurs yeux. C'était pourquoi la rapidité était vitale pour la tactique de Blade. Il devait porter son second coup définitif à l'armée de Desgo avant que l'ennemi ne se ressaisisse assez pour comprendre ce qui allait lui arriver.

Blade courut vers l'arrière en bifurquant sur la gauche de son armée. Le roi Embor ferait tout le nécessaire pour bien ordonner la bataille principale. Il était temps pour Neena et lui de lancer leur propre attaque.

En arrivant dans la masse des civils, Blade se mit au pas. Il ne voulait pas courir devant des gens qui risquaient de se méprendre. C'était ainsi que se déclenchaient les paniques et les déroutes, et des armées victorieuses pouvaient ainsi se désintégrer au moment de la victoire. Il traversa la foule qui l'acclamait et arriva aux meytans. Neena était déjà en selle. Il sauta sur le dos de son meytan, se haussa sur les étriers et fit un signe aux trompettes. Les deux mille guerriers en colonnes de part et d'autre virent son signal et un frémissement les parcourut. Les trompettes sonnèrent et les deux colonnes s'ébranlèrent, Blade en tête avec Neena, entourés de dix guerriers sur des meytans capturés.

Ces animaux étaient encore une ruse de Blade. Ils étaient difficiles à élever, lents à devenir adultes, de santé fragile et par conséquent rares et chers. Il y en avait moins de mille dans tout Trawn qui étaient utilisés plus pour des cérémonies qu'à la guerre. Trawn n'avait aucune cavalerie, aucune tradition du combat à cheval, donc probablement aucun moyen de défense contre des cavaliers. Théoriquement, les ennemis chercheraient leur salut dans la fuite.

Les colonnes d'assaut commencèrent leur avance au pas, à travers les civils, puis au pas redoublé. Quand elles eurent franchi la première ligne de guerriers et débouchèrent à découvert les hommes se mirent à courir en poussant des cris belliqueux.

Au même instant Blade et sa petite troupe de cavalerie piquèrent des deux. Les guerriers qui couraient devant les meytans s'écartèrent brusquement. Droit devant, Blade vit la ligne ennemie. Il enfonça encore plus profondément ses éperons et le meytan s'élança au grand galop de ses six jambes.

Soudain, la ligne devant lui frémit, vacilla, ondula et commença à se désintégrer. Blade se redressa en selle en poussant un rugissement de triomphe et dégaina son épée tandis que son meytan fonçait dans l'espace libéré par l'ennemi.

Il ne s'était pas trompé. Même contre la plus petite des charges de cavalerie, les Trawniens ne pensaient qu'à la fuite. Cinquante mètres de la ligne ennemie avaient disparu aussi totalement que sous une salve d'obus. La plupart des guerriers ne se souciaient plus de leurs camarades, de la bataille, de leur honneur ou de quoi que ce soit. Ils cavalaient comme des lapins en jetant leurs armes, vers l'ouest et la passe de Kitos. Blade poussa un nouveau cri triomphant et Neena lui fit écho.

L'extrême flanc droit de l'armée de Desgo fut complètement coupé par l'attaque de Blade. Les guerriers tinrent bon encore une minute puis ils se rendirent compte de la situation et prirent aussi le chemin de l'ouest sans plus attendre. Les soldats de Draad virent l'ennemi en déroute et obliquèrent pour rejoindre leurs camarades sur la droite.

Là se trouvait le gros de l'armée de Desgo et pour le moment elle était encore assez forte. Des hommes s'étaient enfuis, d'autres étaient morts écrasés par le nombre mais beaucoup étaient revenus pour prêter main-forte à leurs camarades. Lentement, la ligne de bataille de Desgo se replia sur elle-même et le mince flanc exposé aux hommes de Blade devint une masse compacte de guerriers luttant pour leur peau.

Blade avait espéré ne pas voir ça mais s'y était préparé. De nouvelles sonneries de trompettes et le reste des soldats de Draad s'élança, bondissant de derrière les stolofs morts. Les archers tiraient tout en courant, d'autres brandissaient des épées et des lances à pointe de fer arrachées aux morts ennemis. Tous se ruèrent en hurlant comme des démons jaillissant des entrailles de la terre. Ils s'écrasèrent sur la dernière ligne de Trawn avec toute la violence de cinq mille hommes que rien n'arrêtera que la mort. Leur impact brisa l'ennemi.

Blade le vit alors qu'il trottait de haut en bas du flanc gauche de la bataille. Sa cavalerie n'avait pas participé au combat. Blade n'avait pu apprendre à personne à se battre à meytan, excepté Neena. Les autres cavaliers avaient déjà mis pied à terre, leur travail de bélier terminé, pour aller se battre avec les fantassins.

Neena poussa un cri en voyant l'armée de Trawn commencer à céder puis un autre cri très différent. Blade pivota sur sa selle et vit le seigneur Desgo foncer sur eux. La bouche de son meytan écumait et Blade avait bien l'impression de voir de l'écume à celle de Desgo. Le noble trawnien poussa soudain un monstrueux hurlement de rage, de haine et de désespoir qui terrifia le meytan de Neena.

L'animal s'emballa et partit au grand galop sur la

droite, vers le flanc ennemi. Blade jura en comprenant qu'il allait emporter Neena derrière la ligne de bataille trawnienne. Les archers auraient une cible facile et même les lanciers...

Neena se dressa sur ses étriers. Avec l'adresse d'une écuyère de cirque elle sauta sur sa selle et s'y tint un instant en équilibre avec une aisance et une grâce inouïes. Puis elle bondit très haut, fit un grand saut périlleux vers la ligne ennemie, se contorsionna en l'air pour éviter les pointes des lances et alla retomber à quelques mètres de la ligne de Draad. Avant qu'un seul guerrier de Trawn ne puisse lever le petit doigt contre elle, elle plongea dans la sécurité des rangs draadiens. Les soldats se refermèrent autour de leur princesse et elle disparut aux yeux de Blade.

Aussitôt, il eut lui-même de gros problèmes. Desgo et lui avaient suivi bouche bée le bond fantastique de Neena, au point qu'ils s'étaient mutuellement oubliés. Les meytans faillirent se jeter tête baissée l'un contre l'autre. Ils tournèrent bride tous deux au dernier instant.

Blade fit faire demi-tour à sa monture et vit que Desgo l'imitait. Pendant quelques secondes, il se demanda que faire. Il n'avait pas d'arme assez longue pour rivaliser avec le grand sabre de Desgo. Mais il s'était emparé d'une courte épée trawnienne, il savait comment la lancer et le seigneur Desgo ne portait pas d'armure. Blade dégaina, tint l'épée par la pointe, attendit que Desgo revienne sur lui et détendit son bras. L'épée alla plonger dans le ventre de Desgo juste au-dessous de la cage thoracique.

Desgo hurla, de surprise autant que de douleur, et vacilla sur sa selle. Puis il pencha d'un côté et glissa au sol. Il ne tomba pas jusqu'à terre. Un de ses pieds resta accroché à l'étrier. Le meytan pris de panique s'enfuit au galop, traînant son maître qui rebondissait sur chaque pierre. Sa figure n'était déjà plus qu'une bouillie sanglante quand Blade le perdit de vue.

L'armée de Draad n'apprit jamais comment sonnaient les trompettes de Trawn dans la défaite. Tous les trompettes étaient morts ou trop occupés à courir pour avoir assez de souffle à gaspiller en musique.

CHAPITRE XXVII

Le soir tombait après la bataille. Blade, le roi Embor, Neena et le grand Kaireen étaient assis dans une hutte obscure et pleine de courants d'air, non loin du lieu du combat. Un petit feu brûlait au centre en faisant autant de fumée que de lumière.

Les flammes éclairaient quand même assez pour qu'étincelle une énorme émeraude au doigt de Neena; sa bague de fiançailles était enfin finie, livrée par un messager une heure seulement avant la bataille. Elles faisaient briller aussi le rubis à la main de Blade. C'était pour lui un grand soulagement. Son temps dans cette dimension devait toucher à sa fin. Quand il serait ramené dans la Dimension Normale, il voulait porter sa bague. C'était le premier objet qui était passé avec lui dans la DX et elle était bien trop importante pour l'y laisser, pour quelque raison que ce fût. Le roi Embor parlait :

– Nous avons tué dix mille guerriers de Trawn, nous avons capturé toutes leurs armes et leur matériel. Nous nous sommes emparés de leur camp avec tout ce qu'il contient. Nous avons abattu la plupart de leurs stolofs et le seigneur Desgo en personne. Mais est-ce que cela suffit? La moitié des ennemis nous ont échappé.

– Ici, aujourd'hui, sur le champ de bataille, dit Neena. Ça ne veut pas dire qu'ils rentreront chez eux sains et saufs. La passe de Kitos n'est pas commode et les montagnards joueront aussi leur rôle. Je doute que plus de la moitié des survivants franchissent le col. D'autres mourront dans la forêt, de faim, de soif, de chutes, de morsures de serpents, de noyade et sous les flèches des montagnards qui les poursuivront. Ceux qui rentreront à Trawn seront affamés, malades, uniquement vêtus de leur pagne. Je crois que nous avons donné à ceux de Trawn une leçon qu'ils n'oublieront pas pendant plusieurs générations.

Le Grand Kaireen approuva.

– La princesse a raison. D'ailleurs nous avons une autre arme contre eux, que mes assistants ont découverte en fouillant leur camp.

Il tendit un épais rouleau de parchemins serré par une courroie de peau.

– Le seigneur Desgo espérait probablement devenir roi de Draad après nous avoir écrasés. Puis il comptait se servir de nos richesses pour se faire des amis parmi la noblesse de Trawn, les conduire contre Furzun et se faire couronner à sa place.

– Ça ne m'étonne pas ! s'exclama Blade. Il éclatait d'ambition.

– Oui, il était ambitieux, reconnut le Grand Kaireen en souriant. Il n'était pas non plus très prudent. Il a écrit de nombreuses lettres à ceux dont il espérait faire des alliés et reçu beaucoup de réponses. Tout est là.

– En effet, ce n'était pas prudent, murmura le roi. Mais quelle importance cela a-t-il pour nous?

– Une très grande importance, déclara Blade. As-tu pensé à ce qui pourrait se passer à Trawn si nous faisions parvenir ces lettres au roi Furzun?

Neena poussa un cri de joie.

– Il sera bien trop occupé à traquer tous les amis de Desgo et à leur trancher la tête pour penser à autre chose. Il y aura un chaos total là-bas pendant au moins un an, et beaucoup de ressentiment ensuite.

– En supposant qu'un de ces nobles ne décide pas d'essayer de tuer le roi d'abord, ajouta Blade. Alors ce sera la guerre civile à Trawn et un chaos de dix ans !

– Tout cela est bien joli, dit gravement Embor, mais comment allons-nous envoyer ces lettres à Furzun?

– Je crois que nous devrions...

Neena leva une main pour faire taire le Grand Kaireen.

– Si vous voulez passer la nuit à discuter pour savoir comment écraser complètement Trawn, bravo. Vous n'avez pas besoin de nous. Je crois que Blade et moi pouvons partir, n'est-ce pas, père?

Embor soupira et sourit faiblement.

– Vous le pouvez, ma fille. Mais d'abord, j'ai quelque chose pour ton mari.

Il plongea la main dans un sac à côté de lui et en retira une petite bourse de peau blanche fermée par une agrafe de cuivre et d'or. Il la tendit à Blade.

– Ouvre-la, mon fils.

Blade obéit. Une douzaine d'émeraudes, allant de la taille d'un poing de bébé à celle d'une bille, brillaient de tous leurs feux. Épuisé, éperdu de reconnaissance, Blade resta un moment sans voix. Puis il n'eut que le temps de murmurer des remerciements avant que Neena ne le saisisse par la main et le traîne hors de la hutte, jusqu'à leur propre cabane.

Ils se déshabillèrent dans l'obscurité et se couchèrent l'un contre l'autre sur la paillasse qui servait de couche. Après la dure journée de combat, elle leur parut aussi confortable qu'un lit de plumes. Les lèvres de Neena cherchèrent la bouche de Blade et s'y pressèrent, brûlantes et avides. Elle le caressa, glissa les mains entre ses cuisses tandis qu'il palpait les tendres rondeurs de ses seins.

Ils s'unirent et une flamme glorieuse parut brûler tout au fond de Blade. Elle l'envahissait, elle était dans son ventre, dans ses membres, dans sa tête...

Sa tête ! Une seconde avant que la douleur ne devienne intolérable plutôt que glorieuse, Blade comprit ce qui se passait. Il rentrait dans la Dimension Normale, saisi par l'ordinateur qui allait l'arracher à Gleor... à Neena.

Elle remarqua qu'il se passait quelque chose d'anormal et poussa un cri, non de plaisir mais de peur d'un danger inconnu qui menaçait Blade. La douleur s'enfla, brûla et il eut l'impression que la cabane était inondée d'une lumière aveuglante. Il vit les grands yeux effrayés de Neena devant lui, il vit la bourse d'émeraudes par terre à côté de la paillasse.

Il allongea une main et s'en empara dans un réflexe spasmodique.

Puis toute la cabane et le sol basculèrent. Le sol était vertical. Blade tombait, tombait loin de Neena, glissait à travers le mur qui était soudain devenu le sol, sombrait dans le néant. L'air sifflait à ses oreilles et il plongeait en tournoyant, de plus en plus vite, de plus en plus vite jusqu'à ce qu'il tourbillonnât comme une toupie. Le sang lui monta à la tête et le monde entier devint rouge...

... jusqu'à ce que, en une fraction de seconde, le tourbillon, la chute et le rouge disparaissent. Il était dans le fauteuil, dans la salle de l'ordinateur sous la Tour de Londres. A son doigt scintillait la bague de rubis; dans sa main, il serrait la bourse d'émeraudes. Les figures de J et de Lord Leighton exprimaient le soulagement, et quand leurs yeux se posèrent sur la bague, il s'y mêla du ravissement et même du triomphe.

Cette bague était le premier objet au monde – autre que Richard Blade lui-même, bien sûr, mais on ne pouvait le considérer comme un objet – à faire l'aller-retour dans la Dimension X. On pouvait maintenant dire qu'il n'était pas du tout impossible pour Blade d'aller dans la DX avec autre chose que ses mains nues, sa peau nue, sa force pure et son esprit d'initiative.

LES ANTI-GANGS

Les Anti-gangs, une équipe d'hommes durs et implacables qui tuent et se font tuer dans un combat sans merci.

DÉJÀ PARUS :

AUGUSTE LE BRETON :

N° 1 : L'AS DES ANTI-GANGS
N° 2 : L'AS ET BELLES CHAUSSURES
N° 3 : L'AS ET LE CASSE DU SIÈCLE
N° 4 : L'AS ET LA MARQUISE
N° 5 : L'AS ET L'ENNEMI PUBLIC
N° 6 : L'AS ET LES TERRORISTES
N° 7 : L'AS AU SÉNÉGAL
N° 8 : L'AS ET LES MALFRATS

GEORGES PIERQUIN :

N° 9 : LE PLUS SALAUD DES TROIS
N° 10 : LA POLKA DES RINGARDS
N° 11 : LE POULET A L'ARMORICAINE
N° 12 : BASTOS A LA VOLÉE
N° 13 : TROIS MÉDUSÉS DANS UN RAFIOT

Ne manquez pas de suivre la croisade meurtrière de Mack Bolan, surnommé

L'EXECUTEUR

Parce que sa mère, son père et sa sœur ont été victimes de la Mafia, l'Exécuteur, poussé par une haine qui jamais ne s'éteindra, lui déclare une guerre implacable. Sa vengeance est simple et féroce. Tuer, tuer, tuer... Mais la puissante organisation riposte sans merci.

Titres déjà parus :

N° 1 GUERRE A LA MAFIA
N° 2 MASSACRE A BEVERLY HILLS
N° 3 LE MASQUE DE COMBAT
N° 4 TYPHON SUR MIAMI
N° 5 OPERATION RIVIERA
N° 6 ASSAUT SUR SOHO
N° 7 CAUCHEMAR A NEW YORK
N° 8 CARNAGE A CHICAGO
N° 9 VIOLENCE A VEGAS
N° 10 CHATIMENT AUX CARAIBES
N° 11 FUSILLADE A SAN FRANCISCO
N° 12 LE BLITZ DE BOSTON
N° 13 LA PRISE DE WASHINGTON
N° 14 LE SIEGE DE SAN DIEGO
N° 15 PANIQUE A PHILADELPHIE
N° 16 LE TOSCIN SICILIEN
N° 17 LE SANG APPELLE LE SANG
N° 18 TEMPETE AU TEXAS
N° 19 DEBACLE A DETROIT
N° 20 LE NIVELLEMENT DE NEW-ORLEANS
N° 21 SURVIE A SEATTLE
N° 22 L'ENFER HAWAIIEN
N° 23 LE SAC DE SAINT LOUIS
N° 24 LE COMPLOT CANADIEN
N° 25 LE COMMANDO DU COLORADO
N° 26 LE CAPO D'ACAPULCO
N° 27 L'ATTAQUE D'ATLANTA
N° 28 LE RETOUR AUX SOURCES

ANTOINE DOMINIQUE

LE GORILLE

... revient à la charge. Avec des épisodes mouvementés, des affaires ultra secrètes. Le jeu des barbouzes féroces et sympathiques. La valse des services secrets.

Chez votre libraire :

1 OISEAUX DE NUIT
2 LE GORILLE VOUS SALUE BIEN*
3 LE GORILLE ET L'AMAZONE*
4 IRISH MICMAC
5 TROIS GORILLES*
6 TENDRE EST MON CHIEN CUIT
7 LE GORILLE CHEZ LES MANDINGUES*
8 L'AFRICAN TERROR
9 APOCALYPSE BAZAR
10 LA VALSE DES GORILLES*
11 SWEET LUPANAR
12 POKER-GORILLE*
13 DANS LE BABA
14 LE GORILLE SE MANGE FROID*
15 FEU AU DERCHE
16 LE GORILLE SUR CHAMP D'AZUR ET L'ENFANT PIE*
17 LA BUVEUSE DE SANTÉ
18 LE GORILLE DANS LE POT AU NOIR*
19 ... JUSQU'AU COU

* rééditions

IMPRIMÉ EN FRANCE PAR BRODARD ET TAUPIN
7, bd Romain-Rolland - Montrouge.
Usine de La Flèche, le 14-05-1980.
1745-5 - N° d'Éditeur 10648, 2e trimestre 1980.